考えの整頓《とん》

ベンチの足

佐藤雅彦

暮しの手帖社

考えの整頓　ベンチの足

まえがき

ある夜、公園で背の高いベンチを見た。
妙だと思って、よく見てみたら、
そのベンチには大きな足がついていた。

日常には、数え切れないくらいの「妙」があり、
そのつど学ぶ理《り》と、それでもこぼれる不可解さがあります。
それらを記した文章が「考えの整頓」です。

この本に収められている二十数篇の文章は、
雑誌『暮しの手帖』で連載している「考えの整とん」から、
2011年〜2017年ごろの文章を選り抜いたものです。

著者からのお願い

実は、私自身の特殊なことへのこだわりがありすぎて、
読むのに力を要する話もあります。

例えば、
「全国の巻き尺への疑惑を晴らしたい」や
「憎き相手校を応援する理由」などです。
これらは、特に興味がなければ、
読み飛ばしていただき、
先へと頁を進めることをお勧めいたします。

目次

007 向こう側に人がいる
017 家の中で一番年を取るところどーこだ？
027 ものには順序がある
039 ボールペン奇譚
053 たしかに……
063 その状況が伝えてくれること
073 〇〇〇〇〇〇〇〇問題
085 脳の中の新しいつながり
095 携帯電話は知っていた
105 あぁ、またやってしまった
115 フィッ、フィッ

みなさんの〇〇〇問題 127
5名の監督 139
全国の巻き尺への疑惑を晴らしたい 151
とくの話 161
間違った使い方か　新しいのか 171
かわいいを巡る考察 181
憎き相手校を応援する理由 191
ベンチの足 203
指を置く 213
トースターは誰が発明したか 227
名優のラジオ 237
名優のラジオ　後編 249
「妙」の大切さ　——あとがきとして 261

向こう側に人がいる

向こう側に人がいる

今から三十五年ほど前のことである。

東京を東西に走っている総武線にたまたま乗る時、私には、ひとつの妙な楽しみがあった。

それは、新宿駅から中野駅の間の出来事であった。実は、その間、私は車窓からじっと、あまり大きくないひとつのビルが現れるのを待っているのであった。そして、そのビルが現れると、一番上の階を見た。最上階にはひとつだけ部屋があり、そこを見つめたのである。いや正確には、部屋の窓を見つめた。そこには、いつも白い大きな紙が磨りガラスの内側から貼られていて、◯か×が描かれているのがはっきり見えるのであった。その◯か×を見ては、ひとり車内で、なにやら愉快になるのであった。携帯電話が一般的になる、四半世紀以上も前の出来事である。

そこには、とても仲の良い先輩が住んでいた。先輩の家は、その場所で、段ボール工場を営んでいて、その工場が入っているビルの上に一家が暮らしており、先輩の部屋は最上階にあった。総武線沿線は新宿を越えると東中野あたりから吉祥寺にかけて、低い家並みが広がっていて、そのために、決して線路から近くはないビルではあったが、車窓から、その最上階の先輩の部屋を見ることができたのである。そして、その先輩は、自分の部屋の窓を利用して、総武線にたまたま乗っている友人たちに向かって、あるメッセージを送っていたのである。

「おい佐藤、俺が部屋にいる時には○、いない時には×が描いてあるから、今度、総武線で通る時は見てくれよ」

その先輩と知り合った頃、言われた言葉である。

それ以来、総武線で東中野付近を通るのが、とても楽しみになった。いる／いない、それだけの情報なのに、なぜこんなにも、わくわくするんだろう。私は通るたびに、そう思った。○を見れば、ああ先輩は今あそこにいるんだなぁ、漫画でも読んでいるのか、それともぐうたら寝てるのか。そんな姿を想像した。×を見れば、ああ先輩は、どこか出かけてるんだなぁ、買い物かな、それとも彼女とデート……。

向田邦子さんの有名なエッセイに、「字のないはがき」の話がある。向田さんのお父さんは、地方に学童疎開していく小学一年生の娘さん（向田さんの妹）に対して、自分の宛名が既に書かれたおびただしい数の葉書を持たせる。「元気な日はマルを書いて、毎日一枚ずつポストに入れなさい」。字がまだ書けない小さな娘さんのことを考えての方策である。マルだけでも、元気なマル、しょげたマルがあり、最後には×が来てしまう。それでも、最低限、生きていることは分かるのである。一番、恐ろしいのは、葉書が来なくなることである。

情報とは、事情の報《しら》せのことである。手紙も電話も、事情を報せるために使われた。父親の訃報は、深夜の電話でもたらされたし、友人からの結婚の報告は、葉書で来た。今でも、同じことは行われている。しかし、新しい状況が生まれているのも事実である。

最近の大きな社会問題の「いじめ」に対しての特集番組が、ＮＨＫで組まれた。見ると、いじめを起こすメカニズムが携帯電話のメールによって構成されていることを図解していた。携帯メールの返信が少しでも遅いと、他の友人たちにメールを出し、その相手を包囲し攻撃する関係を成立させたりすると言うのだ。勢い、一秒を競って返信をしている状況が生まれる。そこには、情報のやりとりといった通信の一義よりも、情報のやりとりをしていることによる関係性の構築に、このメディアが使われていることがはっきりと示されていた。しかも、皮肉なことに、いじめにあっている生徒は、その事情を親や先生に報せることができない状態に追い込まれるのである。

通信手段が手軽なものになったからといって、本来伝えるべき情報が、そんなに頻繁に生まれるわけではない。親族の死、事故、災害……、絶対伝えなくてはならないことは、個人の日常では毎日起こることではない。結果、いつもカバンやポケットに入っている携帯で伝えることは「いま、どこ?」「きょう、何した?」「今からごはんたべない?」などなど、人との関係性の構築に向かうのである。個人発信、安価、コンパクト、これらの要素が、メディアを情報手段から関係構築手段として変容させていく。

東中野の先輩の部屋を見つめることになる、さらに十数年前のこと、私は生まれ故郷の伊豆の小さな村で、毎日、海で遊ぶ子供だった。

ある日、小学校の理科の授業で、電磁石の作り方を教わった。太い釘にエナメル線をぐるぐると巻き、電池に繋ぐと、電磁石が出来た。それを見た途端、少年マガジンや少年サンデーの戦争漫画によく出てくるモールス信号機を作りたくなった。もちろん、無線などの知識はないから、有線である。

洋二という名の同級生の家が二軒隣にあった。洋二にこの計画とモールス信号機の絵を示すと身を乗り出すように話に乗ってきた。二人でお小遣いをはたいて、プラモデル屋でエナメル線と電池をたくさん買った。建築中の家に行くと、太い釘が何本も拾えた。そして、その釘を別利用して、地面に細い溝を掘って、そこにエナメル線を埋め、二軒の家を繋ぐことにした。当時は、まだ地面は舗装されておらず、土を掘り返すだけでよく、数十分で、その工事は終わった。さて、そこからである。それぞれ一台ずつ、発信機と受信器を作ることにした。作っている途中で、夕飯の時刻が来た。お互い分かれて、夜は別々で作業することを約束した。当時の子供は、夕飯後は家を出てはいけない、暗黙の決まりがあった。

さて、夕飯も済み、お風呂にも入れられた自分は、部屋に戻って、先程の自己流のモールス信号機の完成に向かった。近所とは言え、配線で使ったエナメル線は、

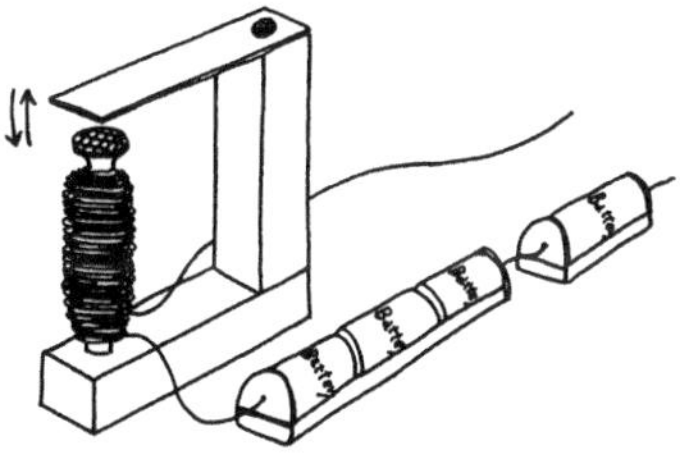

モールス受信器

二十メートルはあったかと思う。残ったエナメル線を使って、太釘のまわりをぐるぐる巻きにする。ぐるぐるが多いほど、磁石の力は強くなる。

かなりの時間がかかったが、ようやく完成した。もう10時は過ぎていたと思う。寝なくてはいけない時刻は過ぎている。でも、せっかく完成したんだから、発信してみたい。でも、洋二は、もう寝てるかもしれない。そもそも、完成まで行き着けたか、分からない。でも、発信機のスイッチをペチペチと押してみた。

しかし、しばらくしても、受信器は何も応答しない。やっぱり寝てるのか。

もう一度、スイッチをペチペチ押してみた。

沈黙の時間が流れた、でも、反応しない。あきらめかけ、布団に向かおうとした、その瞬間である。受信器がペタペタと鳴り出した。

見ると、薄い鉄板が太釘の頭にくっつきはなれていた。

「洋二がいる、洋二がこの向こう側にいる」

私は、そう思うと、夢中で、信号にならないめちゃくちゃな押し方で発信機のスイッチを押していた。

窓ガラスに○×をつけて在／不在の報せを伝えてくれた先輩は、その後、日本で初めて、セレクトショップという考え方の洋服店を始め、最初は神宮前の一店舗であったが、今や、一番大きなブランドにまで育て上げた。

ずっとかなり忙しい状況だと思うが、毎年、お正月になるときちんと年賀状を送ってくれる。その年賀状は、みんなを喜ばせるために、いつも手の込んだものであるが、私には、大きな○と描かれているように思えるのである。

家の中で一番年を取るところどーこだ？

家の中で一番年を取るところどーこだ？

毎週、駿河湾を臨む海辺の地に通っている。今年、95歳になった母親が、そこに建つ老人介護施設に入所しているのである。昨年、夏に突然下半身がまったく動かなくなり、それからお世話になっているので、通い出して一年余りになる。

その地は釣り場として有名で、湾に面して両翼を広げたように長い堤防が左右に走っている。

母親のいる部屋からも駿河湾が見え、時々行き交う船が、ベッドに寝ていることの多い母親の目を楽しませてくれる。また食事や毎日のリハビリ体操をするホールからは、有難いことに、聳《そび》えたつ富士の姿を眺めることができる。先月も、そのホールで誕生日会があり、7月生まれの母親はみんなの前に出され、お祝いを受けた。7月生まれは5人いたが、なんと母親が一番若かった。

母親がいる階は、まだ認知症が軽度の方々であるが、それでも、始終泣きわめく姿や、ずっと同じ行動をとり続ける姿も見受けられる。もちろん、一人では食事も着替えも排泄もできない。基本的に全員車椅子に乗っているが、車椅子に乗っていても、自分だけで動ける方は、ほんの一握りである。それにしても介護士の方々の働きと誠意には頭が下がる。いっときも休むことはない。どんな無茶や罵倒に近い訴えにも笑顔で必死に対応している。
「波子さん、よかったね、息子さん来てくれて」そう言って、私にもご苦労様ですとにこやかに挨拶をしてくれる。そんな時も、両手には、多分、汚物を片付けるための青いポリバケツを下げている。使命感も諦念も入り交じったあの笑顔を思い出すと、胸が締め付けられる。

この6月、その介護施設でインフルエンザが蔓延した。その疑いがある人たちは、系列の入院設備のある病院に移った。母親もその一人であった。そして、検査の結果、肺炎と診断され、それから完治するまで入院となった。沼津に住む姉から連絡を受けた私は、その病院に駆けつけた。

個室に入れられた母親は気丈にも冗談を言い、心配をかけまいとしているようであった。

そして、その翌週も、病院に行った。しかし、私は母親の顔を見た途端、何かが起こったことを悟った。すっかり小さくなった母親の目からは光が失われ、かろうじて見上げたその顔は何かに怯えているようにも見えた。

「お母さん、雅彦です。どう具合は?」そう尋ねたが、返事は思わぬものだった。

「お前が雅彦……、もう顔もろくに分からないよう」

それから、自分が何も分からないのを悟られるのがいやなのか、あまりこちらを見ず、話しかけても、ろくに答えてくれないという具合だった。

帰り道、一緒に行った姉に思い切って言った。

「お母さん、小さな脳梗塞を起こしたんだね。この二、三日の間に」

「そうかもしれない……。二日前までは、よく話もしたんだけど。昨日から急にあんな感じになって……」

生活上の工夫や、野菜やみかんの栽培における工夫がなによりも好きだった母親は、ユーモアもこよなく愛していた。

「沼津に行ったけど、買い物やらなにやらで、時間がなくなり、沼津食わずで帰って来たよ」とか、私が作ったCMの「バザールでござーる」という子ざるのコントを心から笑ってくれた。そんな母親から笑顔がすっかりなくなってしまったのである。その後、姉が泣きながら言ったとおり、
「もうお母さんじゃないのよ、あのお母さんじゃないのよ」
になってしまったのか。

肺炎が治り、一カ月後、元の介護施設に戻った。肺炎は治ったが、焦点の定まらないような眼差しや口数の少なさは同じであった。しかし、たくさんの老人の友だちや介護士の方々がいるために、なんらかのコミュニケーションが生まれ、それによって、少しずつ、会話をするようになり、怯えている様子も薄れては来た。しかし、常に何か不安そうな表情であった。もちろん笑顔は生まれない。

施設の面会時間は、夜8時までである。私はいつも、その時刻に施設を出ることにしている。東京に戻る新幹線の時刻にもちょうどいいのである。今日も、7時頃

からベッドに入っている母親の手を握り、いつものように、曽孫《ひまご》にあたる千晴《ちはる》と綾音《あやね》の話をしてあげていた。曽孫の話をすると大体穏やかな表情を見せる。しかし、私の心には、昼間、母親が言った言葉が錨のように重く沈んでいた。

3時のおやつに出たレモンのゼリーをスプーンで食べさせながら、母親が喜ぶいつもの言葉を言った。

「お母さん、ずいぶん、元気になったね。この調子で頑張ろう」

いつもだったらとても嬉しそうに「そうかい、そうかい」と答えてくれる。大体、言ったことはすぐ忘れるので、毎週、母親を喜ばせようと同じことを言うのである。

だが、今週は答えが違った。

「そんなことないよ」

と言ったのである。びっくりして、私は尋ねた。

「どうかした?」

搾り出すような声でこう答えた。

「もう、これで今、ぎりぎりだよ」

ぎりぎり、もうぎりぎり。一年も続く介護施設暮らし。故郷に戻る希望がないのも、認知症ながらにも分かってきての言葉。

私は、施設を出る時刻が迫ってきていても、とても帰る気になれなかった。母親の寝ているような起きているようなぼんやりした顔を見つつ、そう言えば、この三カ月、母親の笑顔らしい笑顔を見たことがなかったなぁと改めて思った。

そんな時、ある考えが浮かんだ。

「お母さん、なぞなぞって分かる?」

「なぞなぞ……」

「そう、下は大火事、上は大水、なーんだ?――答えは、お風呂」

「あぁ、それ……」

昔、覚えたことは、大抵は残っているのである。

「最近、千晴に出して、とても受けたなぞなぞあるんだけど、やってみる?」

「うん、うん」

どこまで分かっているのか不安なところもあったが、出してみることにした。果たして、意味が分かるのか。

「家の中で、一番年を取るところ、どーこだ？」

「んー、んー」

「難しいかなぁー、家の中で、一番、年取るところはどこでしょう？……答え、言おうか？」

「うん」

「答えはね、ろうか」


次の瞬間、私は目を、いや耳を疑ってしまった。なんと、クックックッという笑い声が聞こえてきたのである。そして、横になっている母親の顔をのぞき込むと、元々しわくちゃの顔をさらにしわくちゃにして嬉しそうに笑っているのである。

「面白いもんだなぁ」

久々の母親の笑い顔であった。嬉しそうな眼差しは小さく細かったけど、その中に光が見えた気がした。私も嬉しくて、さらに、なぞなぞを出した。

「かしこまって見上げるもの、なーんだ？」

「うーん」
「答えはね、せいざ」
これは、まったく受けなかった。問題自体分からなかったらしい。

でも、私は、その時、決心した。母親を笑わすことのできるなぞなぞを毎週作って持って来ようと。そして、笑わせて見せようと。先の二つの例は、毎年制作している「バザールでござーる」というキャラクターのなぞなぞカレンダーの企画で、昔、チームのみんなで考えたものである。仕事として、やったものである。

しかし、改めて考えると、「知的な笑いは認知症への有効な対抗策」ということはよく聞くことである。

人間は何を持って、人間なのか。哲学的でもあり、答え方も沢山あるような無いような、そんな問いである。しかし、もうはっきり言ってしまおう。それは、「笑い」である。そのくらいの気持ちにさせる、母親の笑顔であった。

もうあのお母さんじゃないのよ、と言って涙を流した姉に見せたい母親の笑顔であった。

ものには順序がある

ものには順序がある

若い人に、馳走する機会が多い。

年齢からして、そうなのかもしれないが、20代の頃から多分にその嫌いはあった。恐らく、大学一年から体育会に所属し、先輩には奢られるもの、後輩には一切お金を出させてはいけないもの、という暗黙のルールが体に染みついているからかもしれない。馳走する気分は決して悪くはない。ただ、される側も当然礼儀だけはわきまえていなくてはならない。

それを守ってくれるとさらに馳走したくなるので、若い人は、今回の文章は必読である。奢ればもちろん財布は確実に軽くはなるが、気持ちよい奢られ方に接すると気分も確実に軽くなるのである。

慶應大学の湘南藤沢キャンパスに、数年前まで佐藤雅彦研究室があった。現在、私は東京藝術大学の方に移ってしまったが、その卒業生達の有志と、新しい表現の研究、そして制作をするグループを作って、日々いっしょに活動している。ＮＨＫ教育テレビで放映されている幼児教育番組の『ピタゴラスイッチ』や、『０６５５』『２３５５』というミニ番組は、そのグループと企画し作っている。そこに昨年、慶應大学・佐藤研の最後の学生が新卒でメンバーに入った。Ｔ君と言う。Ｔ君は、もの静かで、思考形態が他の研究生と一線を画し、学部の一年生の時から頭角を現していた。

入った当初、新しい地に慣れないだろうと思い、よく食事に連れ出した。もちろん、奢るわけであるが、食べ終わってレジで会計を済ませて、外へ出ても、何も言わずに、また並んで歩くだけであった。それが2、3回続いた。いくら寡黙な人間でも、それは認められない。これは指導しなくてはと、使命感から私は遂にこう言った。

「Ｔ君、奢られたら、ごちそうさまでした、ってきちんと言わなきゃ駄目なんだよ。それさえ言えば、奢った方は、気持ちのいいものなんだから」

そんな時、大抵の若い人はこう言う。

「奢ってもらって、なんか悪いなっていうのは思ってたんですけど、ごちそうさまでしたって言うのも、なんか露骨だし、言わなくても、気持ちは通じるのかなって思ってました」

大間違いである。

家族とかの関係ならともかく、社会では気持ちはきちんと言葉にして初めて、人に伝わるものである。家族とかの関係ならともかく、とは書いたが、本来なら夫婦でも兄弟でも、感謝や意見も言葉にして初めて伝わると言っても言い過ぎではないだろう。気持ちがあるから分かってもらえるというのは、傲慢な考えでもある。

「ごちそうさまって、きちんと言って、感謝すれば、それで済むし、お互いに気持ちいいものなんだよ」

「はい、分かりました。次からはそうします」

若い人に社会勉強のイロハを教えていることに少し満ち足りた気持ちを覚えるのは、誰もが体験することだろう。自分も犯していた過ちを先輩から指摘され、正しいやり方を教わり、それを今度は後輩に教える――こんな小さなことでも、自分が社会に対して、少し貢献した気にもなる。

しかし、その喜びも数日後、淡くも消えることになる。


その日、私はまたT君を誘って夕食に出かけることになった。

「このあたりで一番おいしいお蕎麦屋さんがあるんだよ」

「ぼく、にほんそば、大好きです」

果たして、今度は、きちんと礼が言えるのだろうか――。


初めて連れて行ったその日本蕎麦屋には、私は先代の頃から通っていて、もう三十五年にもなる。店の地は移動し、多少狭くはなった。しかし、若主人を中心にして、静かな活気が店内に満ち溢れている。

よし、ここは先達として、この蕎麦屋の極意を教えようと、一番のお奨めの蕎麦はもちろん、普通なら頼まない「焼き海苔」、時季の「蛤の酒蒸し」そして「精進天ぷら」と奮発した。

T君は、内心が顔に出ないタイプだが、それでもかなり満足そうな様子が窺えた。

すっかり食べ終わり、そろそろ出るタイミングかなと、私は机の脇に置いてある会計の紙に手を伸ばした。その瞬間である。あの言葉が聞こえてきた。

「ごちそうさまでした」

違う……。早すぎる……。

このタイミングでは、別の意味になる。まるで、お金を払ってくれと言わんばかりのタイミングなのであった。もちろん、本人としては、先日の教訓をここぞとばかりに活かしたのである。

お金を払い終わり、外に出た私は、T君を摑まえて、こう言った。

「お金を払う前に言う『ごちそうさまでした』は、暗にお金を相手が払うことを要請しているので、この場合は失礼になってしまうんだよ」

そして、その意味が本当に分かったT君は、「あっ、そうなんですね」と言った。

しかし、この一連の出来事に含まれる可笑しみに思わず、二人とも声をあげて笑ったのである。

〈順序A〉

1. 先輩と後輩がいっしょに食事をする。
2. 先輩がお金を払う。
3. 後輩が「ごちそうさま」と言う。

〈順序B〉

1. 先輩と後輩がいっしょに食事をする。
2. 後輩が「ごちそうさま」と言う。
3. 先輩がお金を払う。

順序が入れ替わると、意味が微妙に変わってしまう。

順序Bの場合、この箇条書きだけでも、調子のいい後輩の厚かましささえ感じてしまう。

順序が変わると意味が変わることは、そんな特別なことではなく、例えば、「私の妻の父」は義父を意味するが、「私の父の妻」は実母を意味するように、順序つまり関係性を変えれば、意味は単純に変化する。

しかし、「お金を払う」と「ごちそうさま」の順序の変換から生まれた違和感の説明は一筋縄ではいかない。そこには、「ごちそうさま」と先に言うことで、新たな意志の提示が為されているのである。

以前、コマーシャルの撮影で頻繁に外国に行っていた頃、妙な光景を目にした。その時は、現地の通訳兼コーディネーターと日用品をスーパーに買いに行ったのだが、そのコーディネーターは喉が渇いていたらしく、まずペットボトルに入った飲料を手にした。私は、当然それを買い物かごに入れるものと思っていたのだが、次の行動に唖然としてしまった。

なんと彼女は、そのペットボトルの蓋を取り、ぐいっと飲み出したのである。

思わず、私は言った。

「まだお金払ってないですよ」

すると彼女は、信じられないといった顔付きで、答えた。

「だって、私はこれを買うんですよ」

「これを買う」って、これからのことで、まだ買ってないじゃないか……。

もう一度私は言った。

「お金払ってないものを飲んでもいいんですか」

「だって、私はこの後、レジでお金払うんですよ」

どうしても埋まらない溝がある会話の内容であった。

順序が違う、この国は順序が違うと私は思った。この社会では、スーパーにおいて、個人がお金を払う、つまりその意志があれば、もう消費しても大丈夫なんだ、と自分に言い聞かせた。

意志があれば、この国では、順序は変えてもいい。当たり前のようではあるが、言語や皮膚の色のように、表面的に違いが露見していないだけに、それに対面した時のショックは小さくはなかったのである。

T君とは、最近、食事をする機会もぐっと減ってはきていたが、先週久々に別のお蕎麦屋で天丼を奢った。

所用があって、先に席を立たなくてはならなかった私は、「ごゆっくり」と言い残して、テーブルの隅に置いてあった会計の紙を握った。その時、T君は私の目を見て、「ご馳走になります」とおもむろに言った。いいタイミングであった。

社会人として一年経った成果のひとつであろう。私もそれに対して笑顔を返して、レジに向かったが、嬉しい反面、なにかちょっと淋しい気持ちも起こったのは何故なんだろうか。

037

ものには順序がある

ボールペン奇譚《きたん》

ボールペン奇譚

私には、二十年来、連れ添ってくれている愛用のボールペンがある。ウォーターマン製で、中字用の太さでインクは青を使っている。丁度二十年前の１９９１年、ある賞を頂いた時に、知人からお祝いにプレゼントされたものである。

使ってみると、やや太めで滑らかに書ける感触とインクの気品のある青さが気に入って、当時、筆記具と言えば、このウォーターマン一本で通していた。

しかしここ数年は、キーボードや万年筆を使うことが常となり、その存在が薄くなってきている。それでもいつお呼びがかかってもいいように、引き出しの定位置に控えてくれている。

昨日の夜明け前、私は土曜日に行われる数学の勉強会の準備をしていた。

数学の面白さに目覚めさせる番組を作ることを目指したその集まりは、私と慶應大学の大学院生とで構成されている。偶数と奇数の不思議な性質、割り算の余りに注目した独特な推論、鳩の巣原理と呼ばれる考え方、などなど毎回興奮をもたらす数学上のテーマを取り上げ、世の中の流れとは関係なく勝手に盛り上がっている。


その勉強会は、輪番制でチューター役が変わり、担当は、そのテーマに則したレジュメを作成し、会の進行をすることとなっている。担当は、先生と学生の区別なく回ってくる。今週は私の番であった。テーマは、「グラフ」という名前の数学史的には新しい分野を取り上げることにしていた。

グラフと言っても、棒グラフなどのグラフではなく、様々な問題を「点」と「線」だけで抽象的に表し、それによって、見えてくる面白い性質や解き方を考えるものである。

簡単な例を挙げると――――、

あるマンションの住人たちが9人いたとする。そして、その中の次のペアは、仲が良くて頻繁に携帯で連絡を取り合っている。

高橋―谷　　谷―佐藤
阿部―高橋　　山本―堀
高橋―石井　　石井―佐藤
谷―阿部　　松本―堀
中島―山本　　松本―中島

さて、ここで問題である。この住人のうち、高橋さんが出先から緊急に松本さんに伝言しなくてはならなくなってしまった。

この携帯の連絡網で松本さんに連絡がつくかどうか？

こんなややこしい状況も、図1のように表すと、そのつながりが明らかになり、高橋さんと松本さんは連絡がつかないことが一目瞭然である。

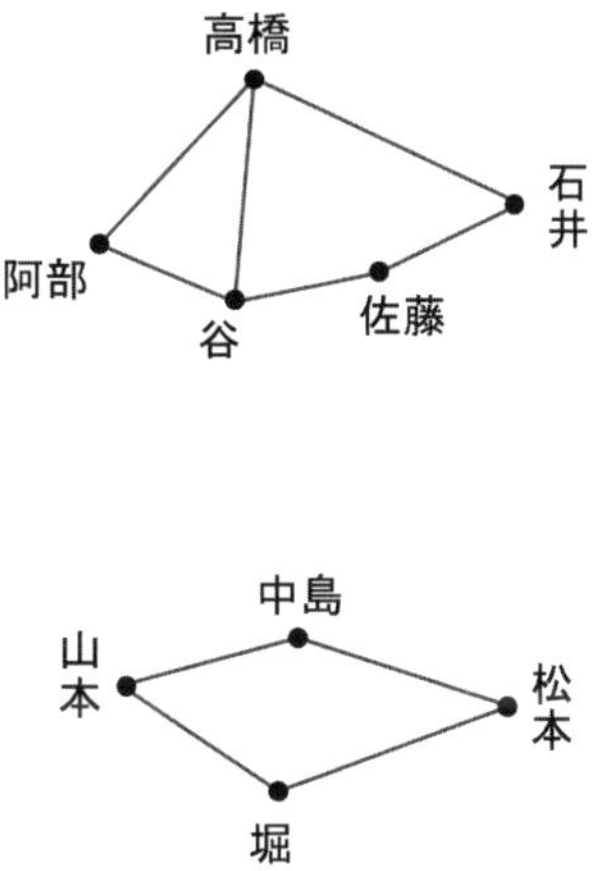

図1

このように点と線で抽象化することによって、そのつながり方だけを浮かび上がらせることができる。

少しは、面白さを感じていただけたであろうか。

グラフとは、つながり方の学問なのである。

現代社会においては、情報網や交通網や物流など、つながり方の研究が必要なのであるが、そもそものその面白さを伝えるためには、どう教えればいいのか。

私は、いきなりグラフの理論を説明しだすのではなく、面白さが分かる問題をいくつか挙げることにした。その中に、昔自分が勉強した書籍から一題引用することにした。

パズルとして有名な問題だが、グラフの考え方で解くとどうなるか——。

それを体験させたいのである。

● 狼とやぎとキャベツのパズル

先生　正子ちゃんは狼とやぎとキャベツのパズルを知っていますか？

正子　はい。船頭さんが，狼とやぎとキャベツを向う岸に運びたいのだけれど，船頭さんがいないときに狼とやぎを同じ岸に残しておくと，狼がやぎを食べてしまうし，やぎとキャベツを同じ岸に残した場合にも，やぎがキャベツを食べてしまうので，そのようなことが起こらないようにしてうまく運べるか？　ただし，船には狼とやぎとキャベツのうち高々1つしか積めないとする．

先生　船頭を F，狼を W，やぎを G，キャベツを C で表わすことにすると，向う岸の状態は

$$S := \{ F, W, G, C \}$$

⋮

『グラフ学入門』榎本彦衛 著（日本評論社）を参考に作成

船頭さんは、狼とやぎとキャベツを向こう岸に運びたいのだが……

前頁の文章は、元の書籍から一部抜粋したものである。その中に、船頭さん（F）、狼（W）、やぎ（G）、キャベツ（C）といった文字が読み取れると思う。私は、この会話調の文章を、まずは記号的に表そうと思い、大学ノートにこのような内容を書きだした。

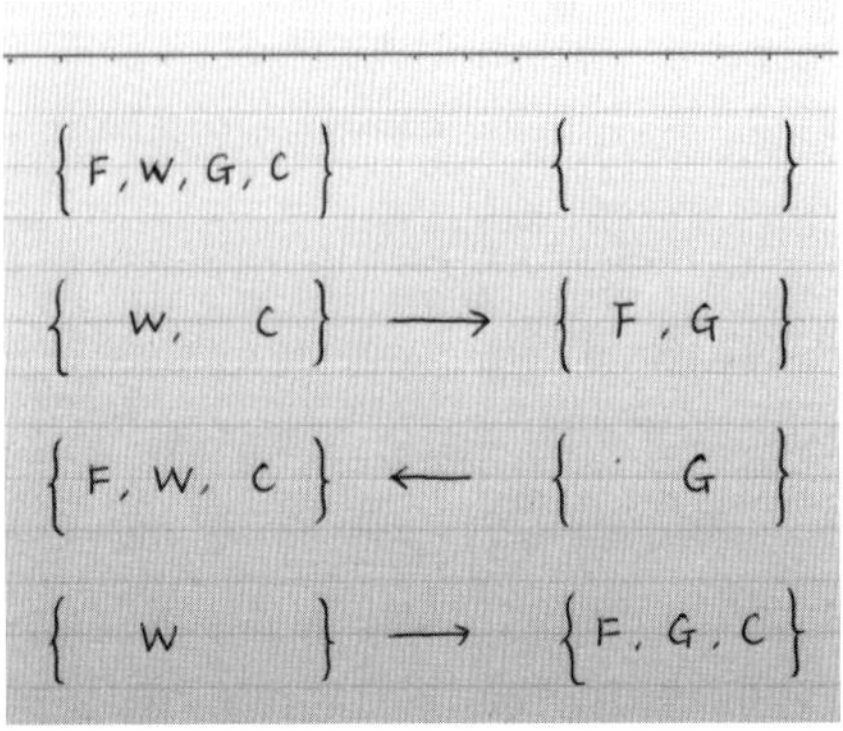

ここで登場したのが、我がウォーターマンであった。

久々であったが、いつもの書き味である。

しかし、私は、書きだしてまもなく、妙なことを思った。

「そう言えば、このウォーターマン、ずっと使っているけど、インクの芯を替えたことあったっけ？ 十年前くらいに一度替えたような気がするけど……、それにしても保《も》つものだなぁ」

相変わらずウォーターマンは滑らかにインクを出し続けている。私は、このグラフの問題を記号的に解いた。これなら、みんな興味を持ってくれるに違いない。

でも、問題を解いていて、ひとつ引っかかっていたことがあった。

実はノートに書く時、いちいち狼とかやぎとかキャベツとか記すのが面倒なので、WやGやCといった記号で略していた。狼はwolfだからW、やぎはgoatだからG、キャベツはcabbageだからCと、記号でも頭文字だから憶えやすい。でも、船頭のFって何だろうか。

問題を解く時、憶えにくいので何度も船頭の記号は何だっけと確認する必要があった。ここはひとつ、チューター役としては、明らかにして、勉強会に臨もうと和英辞典を引いてみることにした。

ノートには、愛用のウォーターマンで、まず船頭と書き、その右側に、英訳を書こうとしたのである。しかし、なんということか、「頭」という字の途中で俄《にわか》に掠れてきた。

あれインクが……、インクが出ないぞ。何度も、ノートの紙にボールペンの先を擦り付けたが、もう掠れたインクさえ出ず、ノートにはボールによって刻まれた筋ができるだけであった。ウォーターマンは最後に「船頭」と書いて、息絶えた。

私は、少なからず驚いた。「いつまでインクが保つんだろう、このウォーターマン」って思った矢先の出来事だったからだ。不思議な気持ちを覚えたが、よく考えれば、丁度使い終わりの直前にその寿命の長さにふと気付くのは、客観的に考えても一応筋は通っている。私はこの偶然を気にしないように努めた。そして、引き出しから事務用の水性ボールペンを見つけ、その後を続けることにした。

さて、辞書には、三つの英訳が載っていた。

【船頭】 a boatman, a waterman,
a ferryman（渡し船の）

（研究社　新和英中辞典第4版）

それを順に、ボールペンで書いた。

——そうか、もしかしてFとはferrymanの頭文字だったのか、と思った時、急に心がざわめき出した。今、自分は何て書いた？

ねぇ、自分は、今、何て書いた?!

そう、ウォーターマンのインクが無くなって、別のボールペンによって書かれた文字の真ん中にwatermanがあったのである。

私は、一連で起こったこの事全体も、取るに足らない偶然として片付けなくてはいけないと思い、必死に「何か」に抵抗した。単に、十年近くもインクが切れるこ

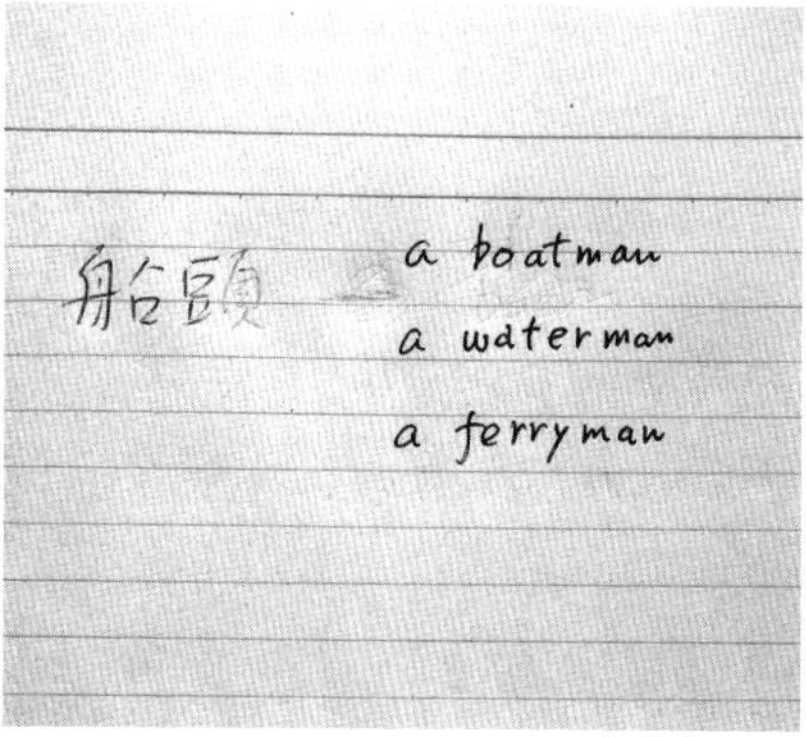

とがなかったが、その時はいつか必ず来る、それがこの夜明け前にたまたま来たに過ぎない。そして、ウォーターマンのインクが最期を迎えたその瞬間、ある調べごとがたまたま生じていたに過ぎない。それが、数学の問題にたまたま出てきた「船頭」という言葉の英訳だったに過ぎない。そして、船頭の英訳のひとつにwatermanがあっただけの事なのだ。

人間は、ある傾向を持っている。あまりに稀有な事柄が立て続けに起こると、何かの存在を信じざるを得ない。そうでもしないと、起こり得ない事が起こってしまった現実の説明がつかないのだ。今の私がそれである。本当の事を言えば、私はこの事が起こってから、その「何か」の存在を畏怖《おそ》れている。

この出来事をここに書いたのは、こんな不思議な事を伝えたいという気持ち以外に、自分自身に起こってしまった奇妙な出来事を内にしまうのではなく、外に出し共有化させることによって、この怖さを軽減できるのでは、と意図したのである。

確かに、私が感じていた怖さは、わずかに希釈されてきている。

筆記具メーカーWATERMANの名前の由来は、万年筆の発明者で、この会社の創設者でもあるルイス・エドソン・ウォーターマンから来ている（筆者註）。

たしかに……

たしかに……

自宅の最寄り駅から地下鉄に乗り込むと、電車の座席は微妙な空き具合であった。寒い時期ということもあり、着膨れた乗客がみんな左右に余裕を取って座っている。結果、混んではいないが、座るには勇気のいる車両になっていた。やむを得ず、ドアの脇で立ちん坊を決め込んだ。帰宅で混み合う時間帯には、まだまだ早い午後2時頃の有楽町線のことである。

ふと目の先に、ランドセルを背負ったまま本に夢中になって座っている小さな小学生がいるのに気が付いた。背格好からして、まだまだ低学年だということが分かった。絵本ではなく、字のやや多い本を読んでいるように見えたので、小学校の二年生くらいであろうか。半ズボン姿のその小さな男の子は、自分が座っている席の左側に、紺色の上履き袋や工作で作ったような紙の箱を投げ出している。本に熱中するあまり、お店を広げていることも忘れているのである。

私は、その子の前に立った。すると目の前に立たれたことに気が付いたその子は、私の方をじっと見上げた。そしてめんどくさそうに荷物を自分の膝の上におもむろに置いた。

『電車の中で、他のお客さんの迷惑になるようなことは駄目だよ』

そんな目だけの会話が、どうやら通じたようだった。

私が腰掛けると、その小学生は、もうすでに本に戻っていた。一心不乱に図書館のシールが貼ってあるハードカバーに顔を埋めていた。他の乗客のほとんどがスマートフォンに指を置き、小刻みに滑らせているのに対して、なぜか、その姿は好感が持てた。荷物を投げ出すような公共マナーに反した行為を差し引いても、おつりが来るほどだったのである。

何を読んでいるのだろうと好奇心がむくむくと湧いたが、残念ながら角度的に表紙のタイトルを読むのは無理であった。その熱中度から、探偵ものとかではないかと推測した。

私はタイトルの探索は諦め、自分の手帳を鞄から取りだし、その日のそれからの予定を確認することにした。

2、3駅が過ぎ、手帳をしまって隣を見ると、相変わらずその半ズボンは本をにらめつけるように読んでいる。そして時折、ページをめくり、しばらくすると、また次のページをめくっていた。その様子を見るともなくぼんやり見ていると、ある瞬間、あるページのある行で目が止まったように思えた。

それまでゆっくりと顔を回転させ行を追っていたのが、ぴたりと動かなくなったのである。当然ページめくりの手も動かない。じっと同じ行を読み返しているように思えた。

すると突然、今度は、ページを今まで読んできた方に向かって、勢いよく逆にめくりだしたのである。一体何が起こったのだ。逆に戻りながら、時々、手を止め拾い読みしたかと思うと、また勢いよくめくりだす。何かを探している、何かを探しているのだ、私にはそう思えた。

そして遂に、ある箇所を探り当てると、じいっと読み出した。緊迫が隣の私にも伝わってきた。そして、それまで何も発していなかったその小学生が一言つぶやいた。

「たしかに……」

私は、吹き出しそうになった。

何が「たしかに」なんだよ⁉ 何を納得したんだよ、君は⁉ そこまで入り込んでるわけ⁉

想像するに、最初にぴたっと止まったページには、彼が驚くような出来事が書いてあったのであろう。例えば、物語の主人公が、見事な推理をしてある問題を解決した、とか。そして、その小学生は、その推理の元となった叙述を再確認するために、数十ページ前まで慌てて遡ったのである。そして、あらためて読み直すと、そこにはある事実が隠れていたのを発見したのだった。そこで思わず、彼の口から、「たしかに……」。

そして私は、この小さな小学生に、およそ似つかわしくない「たしかに」という言葉遣いに思わず吹き出しそうになった……。

私は、ますます、その本のタイトルを知りたくなった。大人気ないが、私もその本を読んで、その箇所で「たしかに……」ってなりたくなったのである。急に、その子が立ち上がった。降りる駅が来たのである。私の目は必死に、閉じつつあるその本を追い続けた。ここで逃すとそのチャンスは永遠にない。一瞬、タイトルの一部が見えた。かろうじて一部が見えたのである。そこには『ドリトル先生なんとかかんとか』と書かれていたのだった。

数日後、私は事務所の近くの図書館の児童文学の棚の前にいた。もちろん、あの小学生の持っていた本を見つけに来たのである。あの小学生のように「たしかに……」ってなりたくて来たのである。でも、困ってしまった。『ドリトル先生なんとかかんとか』は、数えてみたら12冊もあったのである。

試しにその中から『ドリトル先生月から帰る』というタイトルを手にした。しかし、目次を見ただけでは、この本のどこで手がぴたっと止まり、どこであの「たしかに……」が生まれるのか、皆目見当がつかない。『ドリトル先生と秘密の湖』という「たしかに……」が生まれそうなタイトルも開けてみた。しかし、拾い読みでは分かりようがなかった。

私は12冊を前に途方に暮れた。

「たしかに……」は一朝一夕では手に入りそうもないのである。

やはり、最初の1行から紐解かないと無理なのであろうか。紐を必死で手繰るように読み進んだあかつきの、あの『たしかに……』なのであろう。

そして、その「たしかに……」という境地が安直に得られないということが分かった私は、同時に、自分の中に、ある感情が横たわっていたことに気付いてしまった。

いや、薄々感じてはいたのだが、正直言うと、気付きたくはなかったのかもしれない。そして、この「たしかに……」さえ手に入れれば、それは知らなかったものとして済ませられるのではないかという妙な期待もあった。

では、その知りたくなかったという感情とはどういうものであろうか。

私は、ドリトル先生の本が特定できなかった時、まず、自分の態度に「たしかに……」を享受する資格がないことを思い知らされた。

それは熱中の賜《たまもの》であったのである。

それだけを見つけて楽しもうなんて虫のいい話である。そしてその時、私は、あの小学生に軽い嫉妬のようなものを覚えていたのにも気付いたのであった。嫉妬と言う言葉が激しすぎるとしたら、羨ましい気持ちと言ってもいいかもしれない。

では、その羨ましさとは何か。そして、それはどこから来ているのか。

私は、あの日、地下鉄に乗った時、いつものように移動時間を有効に使おうと、座るやいなや手帳を開いて今日の予定を確認した。そこには、いつものように出席すべき会議が列挙されていた。その確認作業が終われば、コンピュータを開いて、来ているメールを確かめるつもりであった。返事を求めるメールがたくさん来ているはずだ。そして、一本でも出せば、義務は減る。私は忙しい、私の時間は埋め尽くされている。そんな時、聞こえてきたのだった、あの言葉が――。

「たしかに……」

人間にとって、時間は自由にならない。時間は誰に対しても平等に過ぎていく。だからこそ、時間を無駄にせず、有効に使わなくてはならない。私が電車での移動時間に手帳を開いたのも、コンピュータを開こうとしていたのも、そのためである。しかし、その時、隣に熱中がいたのである。その小さな熱中は流れゆく時間も存在している空間もなく、ただただ熱中していた。時間は誰に対しても平等に過ぎてはいなかったのである。

私は、その小学生に羨ましさを感じてしまった。その羨ましさとはどこに向かったものだったのか。小学生がふんだんに持っている時間に対してか、それとも、あの熱中の仕方にか。

答えは分かっている。しかも、その気持ちが、あの電車で半ズボン姿の小学生の隣に座った時から始まっていたことも分かっているのである。

「ドリトル先生物語」全13冊
岩波書店

その状況が伝えてくれること

その状況が伝えてくれること

先日、沼津の義兄の家に泊めてもらい、帰りに駅まで送ってもらうことになった。いつもなら義兄が運転し、送ってくれる係なのだが、その日は、姉や姪の娘までも同乗すると言う。ありがたい……みんなで見送ってくれるんだと思ったら、ちゃっかり、帰りに三人でおいしいラーメン屋に行く算段であった。

行く気満々のその方々を待たせてはいけないと、慌てて支度し車に乗り込んだが、何か忘れたっぽい感じがして、カバンをごそごそやると案の定、携帯電話を忘れてきていた。

「いけない、携帯忘れた。洗面台の上か、運動着のポケットに入れたままだと思う」

車は一転方向を変え、出発点に戻った。みんなに外でそのまま待ってもらい、ひとり、部屋に戻った。

車を出る時、姉に1〜2分後、私の携帯に電話するようお願いした。そうすれば、どこかに隠れていても音がするので見つかるからである。

玄関の鍵を開け、階段を昇り、部屋に入ると、洗面台の棚でブーブー鳴っているそれを見つけた。着信の振動音は役目を果たし、すぐ切れた。私は車中のみんなを安心させるように、その場で姉の携帯電話に電話した。携帯を手にしていただろう姉は、すぐ出た。そして、心配そうにこう言った。

「どう携帯、あった？」

姉は、まるで手帳や財布を忘れた時のつもりで、「どう、〜あった？」と口から発したのである。

「あったからかけているんだよ」

「あっ、そうだよね。ははは」

普段、電話で話している時、電話を使っていること自体は当たり前すぎて、意識にも話題にものぼらない。その感覚で、つい姉は先のように尋ねたのであった。

階段教室のような大きい講義室で授業をする際、マイクの音量を最初に調整する。その時、敢えて小さ目の声で、こう言ったりする。

「後ろのみなさん、私の声、聞こえますか?」

間髪容れず、「聞こえませーん」という大合唱が遠くから戻ってくる。すると、次の瞬間、その矛盾を含んだやりとりにみんな気付くのか、教室中に笑い声が起こったりする。その返答は、全く聞こえないということではなく、よく聞こえないという意であることは私もみんなも分かるのであるが、返事をしたからには聞こえてるじゃないかという、矛盾を含んだ構造におかしみを感じるのである。


忘れ物の携帯電話の話も、教室での応答も、その状況(situation)自体に前提となる情報が既に含まれている。携帯電話で話しているという状況が、既に携帯電話があったことを示しているし、聞こえませーん、と言っている状況が実際は聞こえていることを示している。

同じような構造で、「便りがないのはいい便り」とはよく言われることである。

これも悪いことがあれば、その連絡が来るということを前提としていて、その逆の便りがない状況は特に悪いことがないということを示しているということである。

しかし、これは時と場合に依る。

私はかつて、自分の勘違いから両親や親戚の一家にとても暗い一日を過ごさせたことがある。

それは、もう四十年近くも前になるが、薄ら寒い3月、大学の合格発表の日のことであった。私は、親元を離れ受験生活を送っていたが、ある親戚の家の離れに一年間厄介になっていた。そこは、いとこ夫婦、赤ちゃん、伯母さんという四人家族であった。今思うと、受験生を預かり、気が気ではなかったと思うが、私にとってはとても居心地のいい場所であった。

そして、受験勉強の総決算である入試も終わり、いよいよ結果がでる発表のその日が来た。合格発表は、大学の構内で行われる。発表時刻は、午後1時頃であったらしい。

自分の事なのに、何故「らしい」と書いたかというと、なんと私は、夜に合格発表が行われるものと固く信じ込んでいたのである。

実は、高校の図書室に『合格体験記』という名の本があり、借りて読んでいた。その中に、発表の日のことも書かれていて、私も目指したその大学は他の大学と違い、夜7時頃、発表が行われ、蛍光灯のあかりの中で自分の番号を見つけた時の格別な喜びが書かれていた。私は、その文を読んでから、暗く寒い構内で煌々と照らされた大量の番号の中に受験番号を探し出す自分の様を何度もイメージしていた。

その日の夕刻、私は大学に向かった。混み合うのを避け、少し時間を遅くした。7時半くらいだったと思う。

大学の正門に着いた、どこで発表は行われているのだろうか。気持ちが急いた。動悸が激しくなってきた。でも、おかしい、他の受験生も親の姿も報道陣もいない……。

あの合格体験記には、受験生や親でごった返し、万歳の声もあちこちから聞こえ、胴上げもあり、報道の人たちからインタビューされ晴れ晴れとした受験生、呆然と発表の掲示を見る不合格者などの様子が、つまびらかに記述してあった。それらが、何もない。暗く、街灯に光る石畳には、学生運動のチラシが風に寂しく彷徨《さまよ》っているだけであった。発表は今日ではなかったのか。いや、手元にある受験票には確かに今日の日付が書かれている。そんな時、正門から、ちょっと離れたところに、長く白い掲示板があるのを発見した。私は近づいた。すると、確かに入試の発表であった。理系文系それぞれの類に分かれ、発表されている。

そうか、時間を間違えたんだ。昼間、発表があったんだ。

すっかり戦いの終わったその戦場で、ひとり間抜けな受験生が胸を高鳴らせていた。私の番号はどの辺なんだ。ひたすら掲示板の前を走る。誰にもぶつからず、万歳の声もなく、しんとしたその石畳の上をひとり必死に走る。とうとう、自分の番号の近くまで来た。目はゆっくりと下に降りていく。番号は飛び飛びに抜けている。あっ、あった。確かに自分の番号があった。それから何度も確かめるように、受験票の番号と掲示されている番号を繰り返し見た。

誰もいないその発表の場所で、ひとり私は興奮していた。

しかし、その頃、私の実家と親戚の家では、暗い時間が綿々と過ぎていたのであった。

故郷の父親と母親は、昼間のテレビでの合格発表のニュースを見て、合否の連絡を今か今かと待っていたが、さすがに4時過ぎになっても来ないことで、すっかり落ちたと覚悟した。その日は暗い夕食だったと思う。もっと、悪かったと思うのは、一年間厄介になった親戚の家である。特に、年配の伯母さんは一年間預かり、もし落ちたら故郷の両親に申し訳が立たないと思っていたのである。やはりテレビのニュースを見ながら、ぽつりと言ったという。

「雅彦さん、だめだったのかねぇ。落ち込んで、悪いことになんなきゃいいんだけど」

状況は、既にある情報を持っている。そして、特殊な状況では、思いも寄らぬ形でその情報は伝わってしまう。

3月に起こった東北の大地震の時、ヘリからの映像は凄まじい視覚情報を映し出していても、被害者の数は当初かなり少なく報道されていた。「現時点での○○市における死者の数は7人です」というようなアナウンスが繰り返しテレビから聞こえてきた。しかし、思いたくはないが、その位で済む訳がないのである。町全体を飲み込むような津波、それに対して被害者の情報の無さ。その状況は何を示しているか。私は恐ろしくなった。現地ではとんでもないことが起こっているのである。情報など伝えていられない状況なのである。

私たちはテレビ・新聞・インターネットというようにたくさんのメディアを持ち、様々な情報を得ることができる。そして、世界中いや宇宙で起こっていることも知ることができるつもりでいる。しかし、情報によっては、そのような形で来ないことも知らなくてはならない。例えば、被災地から、あるいはある国から情報が来ないという状況には、とんでもなく恐ろしい情報が含まれているのである。

携帯電話の向こうで、さも愉快そうに姉が笑い、教室でも笑いが起こった。不合格を覚悟した伯母は深く落胆し、我々は、被災地からの情報の無さに怯える。状況から読み取る情報は、与えられたものでなく主体的に生み出すもの故に、心の奥からの感情を引き起こすのである。

○○○○○○○○問題

○○○○○○○○問題

数年前、通学途中の乗り換え駅で偶然、かつての会社の後輩を見かけた。実に、二十年ぶりのことであった。その時、私は昇りのエスカレーターに乗っていた。彼は、その逆で、ホームに向かって、階段を降りていた。すれ違うかたちで私は見つけ、咄嗟に声をかけようとしたが、距離がどんどん開いてしまって諦めた。

実は、会社も一緒だが、大学時代の体育会でも一緒だったという巡り合わせの後輩である。まだお酒を飲んでいた頃、よく遅くまで飲んだ。二十年前に、勤めていた会社を私が辞めてから、一度、電話で連絡をもらったが、会うことはなかった。

私は思い立って、エスカレーターを上に向かって歩き出した。そして、上の階に着いたその足で、今度は階段を必死で降り出した。後輩の姿は既に見えなくなっていたが、ホームまで行けば、見つかるに違いない。

案の定、階段の下の方まで来たら、姿が見えた。まっすぐ行ったベンチの脇にいる、もう一息……、と思った途端、床が目の前にグラッと現れた。倒れるのをなんとかこらえるのが精一杯であった。そのまま、よろけるように、その後輩のところまで行くことになった。

突然、よろよろと現れた先輩の姿に驚きつつ、彼も再会を喜んでくれ、短い時間であったが、心の温かくなる時を過ごした。

翌週、その階段を通る時、自分が、なぜそこでよろけたかを解明できた。

その理由が、写真1には写っている。

何かの理由で、一番下の段が短くなっているのである。階段だから当然、同じ段差が続いているものと、トントントンと無意識にリズムを刻んで昇り降りしようとするのに、この高さの違う段で、それが狂ったのである。しばらく見ていると、和服の恰幅のいい五十代くらいの女性がやはりつまずいた。

私は、もう何年もその駅を使って、大学に通っている。当然、その階段も数え切れないほど降りているはずである。でも、その階段の段差の違いは、毎回身体が吸収してしまい意識まで上げることはなかった。

写真１

もしかして、一、二度、小さなよろけも生じたかもしれないが、記憶にとどめさせることはしなかったのである。

しかし、一旦気づいてみれば、かなりの段差の違いである。

「この階段、問題あり」と自分がしていなかったことに呆れてしまう程であった。

昨今、問題発見の重要性は、ことあるごとに指摘される。教育の現場でも、製品開発の現場でも、問題は解決より発見の方が大事だし、難しくもあると教えられる。学校では練習問題を与えてくれるが、未踏のものを扱う研究や実社会では、問題は与えられるものでなく、見つけるものなのである。

しかし、問題は、現実の状況に当然のようにもぐり込んでしまっている場合が多い。

先程の段差の話も、一旦知ってしまえば、明らかに問題であるのに、意識する前は、現実の状況に違和感なく紛れてしまっていたのである。ささいな問題だと、普段は難なく乗り越えてしまったり、ほんのちょっとの我慢でやり過ごせるので、無いのと同じに扱うのである。かくして、悪い偶然が重なり合い、その僅かな問題が大きな問題として、突如我々の前に現れてくる。多くの事故は、ほとんど、この形を採る。

では、隠れているそんな問題を、いかに発見したらいいのであろうか。

特に惜しいのは、私の例のように、問題に何度も遭遇しているのに、それを気に留《と》めていない場合である。言い換えれば、自分の中に既にある「問題化してない問題予備軍」を、いかに引っ張り出すかということである。

問題化する、そして外に引っ張り出すということは、どういうことであろうか。

それは、言語化する、視覚化する、ということに他ならない。

一旦、言語化あるいは視覚化したものなら、他人にも扱えるものとして外在化するのである。

では、どうしたら外在化できるか。

階段事件以来、ずっと心に留めていたが、何かしっくりくる方法を見出すことができなかった。その内に、この問題の外在化には、厄介な問題が潜んでいることに気が付いた。

それは、私達がある事を問題視しないのは、ちゃんと理由があるということである。我々は（生物一般でも）、うまくいっている現状を、理由は二の次で、とりあえず肯定する傾向がある。極端な例をあげれば、たまたま鼻を触った時に買った宝くじが、大当たりしたとする。そしてそれが2回続いたとする。そんな時、多くの人は次からも買う時、鼻を触ったりしないだろうか。こんな理不尽な行為でも続けるのは、うまくいっていることをわざわざ変えるのは、生物として不利益、と判断するからなのである。同じように、難なく過ぎていく日常にわざわざ問題を見出すような行動は取らないのである。

すると、うまくいっていると思われている状況下で、潜在している問題をほじくり返すことは無理強いなことであり、ともするとやらない方向に向かう。

では、やってもらうためには、どうしたらいいのだろう。

そんな悩みをぼんやり抱えたまま数年が経ち、昨年大学の講義で学生に問題発見のことを話そうとした前日、ひとつのアイデアを思いついた。

それは、文章のテンプレート（雛形）を使った課題の形をしていた。

【課題名】「問題を見つける問題」

次の書式を埋めよ。

○○○○○○○○○○○○○○○問題

（例1）戸塚駅の階段の段差がひとつだけ違ってつまずいてしまう問題
（例2）イギリスパンがトースターからはみ出て上の方が焼けない問題

このテンプレートを使った演習を大学の院生達にさっそくやらせてみた。問題の発見・問題の言語化という目的がはたして達成できるだろうか。

課題を出すやいなや、案の定、みんな、教室で空《くう》を見ながら、何かを思い出している状況が生まれた。普段なら、自分の心の隅の方に追いやって、思いを巡らせない記憶を丁寧に拾い、観察しているという様子であった。

翌日、たくさんの名解答が集まってきた。

・電車で座っていると、降りる駅の3駅前ぐらいで急に眠くなる問題
・薄くて軽いからとiPadを買ったのに、キーボード付けたりカバーを代えたりしたら、PCより巨大化してカバンに収まらない問題
・マンションで会う小学生に「おはよう」と挨拶しても返事が返ってこない問題
・焼魚をきれいに食べたいのに、どうしてもきれいに食べられない問題

ここで大事なのは、普段は言葉にして意識しない、心に埋もれていた問題を外に出せたことはもちろんであるが、それよりも彼らが、自分の奥底に取り出す予定もなく佇んでいた、どよーんとした言葉にならないものを引っ張り出すことが楽しい、つまり、このテンプレートを埋めたくてしょうがなくなったことである。

このように、入れる器があると、何を入れようかなぁと考え始めるのである。

みなさんも、ジップロックやタッパーウェアや密封びんを初めて手にした時、何

を入れようかな、と楽しみながら、思いを巡らしたのではないだろうか。
みなさんにも是非、この丸の多い容器に、日常で見つけた問題を入れてほしいと思う次第である。

――ということで、考えの整とんでは、「みなさんの○○問題」を募集することにします。まだ言語化されていない身のまわりで見つけた問題を、私の例のように○○○○○問題という言葉を俳句のように作り（可能なら写真も）、編集部までお送りください。送る手段は、郵送でもメールでも構いません。何号かあとで、優れた問題を発表したいと思います。

脳の中の新しいつながり

脳の中の新しいつながり

数年に一度、こん棒で頭を殴られたような強い体験をすることがある。それは、悪い結果をもたらす場合もあるが、そうでないことも多い。

先日、起こった出来事は、その後の数日間、頭の中が常に鳴り響いていたほどの衝撃が走った出来事であったが、その影響も決して悪いものではなく、これからの自分に何か新しいものをもたらしてくれるような予感さえ与えてくれた。

言い換えると、その衝撃の力により、新しい自分に変身しだしたのを感じたのであった。まるで中学生や高校生といった成長期に、自分の内部に蠢いている新しい自分を感じていたように。

「佐藤さん、佐藤さんって、私の父のこと知っていませんか?」

唐突に、その著名な若い歌い手は、澄んだ瞳をまっすぐこちらに向け、そう尋ねた。

「えっ、Xさんのお父さん、ですか？　まさか……、知るわけないと思いますが……」

若い人の間で一、二の人気を争うというその方の光っている顔を、私はまぶしいように見返しながら、そう返事した。

私が監修している番組を見て興味を持った、そのアーティスト側がコンタクトを取ってきたのが昨年の11月。それを受けて、私の方から提案した内容を話し合う会議が、この1月に持たれた。私は、その会議上、この番組の意義や、そもそもの人々の暮らしとテレビというメディアの在り方について一生懸命説明した。初顔合わせの方たちも多く、緊張感漂う会議であった。果たして、こちらの意図を理解し、参画してくれることになるのか。

そのXという歌手は、歌い手というだけでなく、女性誌のグラビアで他の芸術家とのコラボレーションを行ったり、作詞でも高い評価を受け、普通のタレントとは一線を画する活動を自主的にしていた。

「私の父は、英会話の教師をしていたんですけど……」

英会話の教師……、英会話の教師……。私にとって、英会話の先生と言えば……、過去ひとりしかいない……。私は、ある人物の顔の形、もっと正確に言えば、彼の頭蓋骨の形を、その小ぶりで美しい歌姫の顔に必死で重ねていた。

まさか、まさか…あのYが…?

「私の父の名は、Yと言います」

大きな木の槌で頭を殴られたように、脳の中が響いた。

今から、15年ほど前の数年間、私は、Yから英会話の個人教授を自宅で受けていた。一週間に2、3度、お互い都合のつく午前中、私のマンションに来てもらい、時間を過ごした。趣味も生き方も共感するところがあり、先生・生徒という関係からいつの間にか同志や友人といった繋がりになり、本来の目的の英会話を離れて、二人で音楽を聴いたりすることも多かった。例えば、私の気に入っているモーツァルトの交響曲25番のCDを聴きながら、私は、その演奏における指揮者の空白の取り方について、持論を彼に身振り手振りを含め、聞いてもらったりした。

「父は、佐藤さんという人がいて、とても親切で、いつも優しくしてくれると、その頃、話していました」

「そして、時々、これ佐藤さんがお前にくれたんだよって、だんご3兄弟のキーホルダーとか父から渡されたんです。私は、すごく嬉しくて、ずっと机の引き出しに入れ、大事にしてました」

1998年から99年にかけて、NHK教育テレビの『おかあさんといっしょ』という番組から、歌の企画を依頼され、「だんご3兄弟」という歌を作った。Yから、娘さんがいると聞いていた私は、できたばかりのグッズをプレゼントしたことがあった。Yに英会話を習っていたのは、その娘さんが小学生から中学生の頃にあたる。

「今日、最初、名刺をいただいた時に、佐藤さんというお名前を見、そして、説明の際、聞いただんご3兄弟ということば、そして、丁寧な話し方……、打ち合わせの途中から、私の内に、もしかして、あの時の佐藤さんって、この佐藤さんのことではないか、という疑問が起こってきたんです」

脳が頭の中で、ゆっくりぐるりんと動いた。

私は、ちょうど、その1999年の春、慶應義塾大学に赴任することになり、俄《にわか》に身辺が忙しくなり、次第にYとの英会話の時間も取りづらくなってしまった。その頃、予約をキャンセルすることもたびたびで、その電話をYの自宅にしていたが、その時、出た女の子の声は、この方のものだったのか。

私は、映像や書物などで表現活動を長い間行ってきた。そのほとんどは、視聴者や読者に、ある表現を提示し、それによって、新しいものの見方や考え方を獲得してもらうという意図を持っている。

例えば、私がこの10年間作ってきたピタゴラスイッチという幼児教育番組がある。この番組の理念は、「考え方を伝える」というもので、従来の教育番組が知識伝達を重視していたのに対して、「考え方を伝える」ことを主眼にしたものである。

一例を挙げると、この番組の中に「アルゴリズムこうしん」というコーナーがある。アルゴリズムとはある問題を解決する一定の手順のことであるが、そのコーナーを見ていると、楽しい音楽にのって、多くの人たちが、手を大きく振り回すなど同じ身振りを輪唱のようにタイミングをずらしながら行い、行進していくのが分かる。そして、誰とも全くぶつかること無く、うまく進んでいくことも分かる。見ている幼児は、言葉ではなく、その映像から『こういうふうにやると、ずっとうまくいくんだ……』というアルゴリズムの考え方を習得するようになっている。

このアルゴリズムこうしんを作って発表した頃、子供と一緒に見ていたお父さん、そしてこの番組が好きな大学生から、何度もこう言われた。

「最初、見た時、何が起こっているのか分からないくらい凄くて、がーんと衝撃を受けました」

私は、自分が行ってきた表現活動の目的を、新しい考え方やものの見方を獲得してもらうこと、と言ったが、それは別の言い方をすると次のようになる。

『ある考えやものの見方を見つけると、それまで繋がっていなかった事が繋がる。そして、それが達成されたあかつきには、面白さを覚えたり、時として衝撃さえ生まれる』

そして、私は、その時の「面白さ」「衝撃」こそ人間的であると考えている。

「面白い」とは、面、つまり目の前が白く、明るくなるという語源を持っている。思わぬものが繋がり、新しい何かが分かった時、我々人間は面白いと思うのである。

逸話かもしれないが、王様から難題を出されていたアルキメデスは、お風呂の中で、自分の体によって水面が上がったのを見た時、物の体積と重さがある関係で繋がった。そして思わず、「ユーリカ！ ユーリカ！（分かった）」と叫びつつ、裸でシラクサの町を走るほどの衝撃を受けた。

このように、それまで繋がっていなかったものが繋がった時、頭の中に、強いショックが走る。歴史的な発見・発明には、発見者の中に、そのショックが必ずあったはずである。さらに、それが生まれた後には、新しい神経の繋がりを持った新しい脳により、世界もまた新たに解釈され始めるのである。私は、大小を問わず、新しい脳の中の繋がりを生むための表現を求めて、昼夜、もがいているとも言えるのである。

先程、言及したピタゴラスイッチなどの番組には、小さなショックが起こされるようなコーナーがたくさんある。しかし、この日は、私自身に、まったく別の方向から、とんでもない衝撃がやって来たのだ。その出来事から10日ばかり経った今も、その余韻は頭の中に残っている。

実は大きなエネルギーを内在しているその衝撃は、Xというアーティストの天使のような声で、「父は、佐藤さんという優しく、親切な人がいて……」と発せられたことで、私の内では、大きなプラスのエネルギーとなり、快感とともに、新しい頭の構造を作ってくれた気がした。

その打ち合わせ以後、新幹線の待合室で聴いた音楽が、耳を疑うほど違って聞こえてきたのも、ウォーキングでいつも歩く道程が明らかに瑞々しく見えたのも、その気持ちを強くした一因である。もしかして、50代後半の決して新しいとは言えないこの脳にも、この強い衝撃による揺らぎのため、新しいネットワークが生まれたのではないかと期待するほどである。

携帯電話は知っていた

携帯電話は知っていた

もう数年前になるが、携帯電話を紛失したことがある。

その日は、早朝から、事務所のすぐ近くのビルで朝一の会議があった。会議を終え、事務所に戻って、電話を掛けようとカバンの中に手を入れた時、いやな感じがした。いつも携帯を入れておく内側のポケットが空だったからである。

じゃあ、カバンの奥は？　充電器には？　ソファに転げ落ちてないか？　トイレの鏡の前の棚は？　他の階はどうだろう？　と捜索範囲はどんどん広くなっていった。

それでも出て来ない。念のため、事務所の固定電話から自分の携帯に掛けてみた。呼び出し音は向こう側で鳴っている、しかし、身近で携帯の鳴る音は一切しない。近くにはないということか。

そう言えば、先程、戻ってくる途中で、歩きながら留守電を聞き、手荷物が多くて、携帯をちゃんとしまわずにいた。あの時、意識下で、ちょっと危ういな、という小さな引っかかりを感じていたことを思い出した。私は急いで外に出た。

朝一の会議は、歩いて2～3分程の近くのビルで行われた。何回か往復して、道の端や植え込みの中まで見たが、それらしいものは何も落ちていなかった。しかたなく、事務所に戻ったが、もう捜す当てもなく途方に暮れた。GPS機能なんて、まだ搭載されていない頃の事である。

念のため、もう一度、電話を掛けてみた。すると、今度は呼び出し音さえしなくなっていた。どこにいるんだ、あの旧友のような私の携帯よ。

その日は午後、大学の研究室でいろいろな用事があり、足は重かったが、大学のある横浜に向かった。

大学に着いた頃、事務所からPCにメールが一本入った。近隣の築地警察署に携帯電話が届けられたとのことであった。ああ、よかった。胸のつかえが一気に取れた。

私の携帯電話には、事務所の名前や連絡先が載ったステッカーが貼ってある。

それが功を奏したのである。届けられた携帯は、規則により警察で電源を切るということも、そのメールには書かれていた。全てに合点が行った。一度、電話した時には、まだ道端に落ちていて、次に電話した時には警察署に届けられた後だったのだ。どんな方が拾ってくれたのだろうか、事務所に問い合わせると、やはり事務所も同じことを警察署に問うていた。その方はお礼を固辞しており、警察としては個人情報をお伝えすることは出来ないとのことであった。落ちていた場所は大雑把には教えてくれていたが、地図で見ると、事務所の周りの広範囲であった。

翌日、やっと自分の手元に戻った携帯電話をじっと見た。そして、電源を入れた。見慣れた画面が表れ、安堵した。故障はないようだ。それにしても、いい人に拾われたと思う。それと同時に、その人は男の人だろうか女の人だろうか、年配の方なのか若い方なのか、分かるよしもないのだが、そんな想いが自然と起こった。

この携帯は、昨日その人に握られて築地警察署まで行ったはずなのである。築地警察署まで、まあまあの距離である、歩いて行ったのか、それとも自転車で行ったのか、車で行ったのか、分からないことばかりである。はっきりしていることは、私の携帯が今、私の掌に戻って来ているという事実である。

その時、妙なことに気付いた。

そうか、この携帯は、その人と一緒に築地警察署に行ったんだ……。

私は、この当たり前の事実を前に声を上げてしまった。

「その人がどういう風に警察まで行ったのか分かるぞ！」


私の携帯電話には、歩数計が付いていて、私は毎日、ある歩数を自分の義務と課していた、もちろん健康維持のためである。

すぐに昨日の歩数計の画面を出して見た。すると、朝一の会議の往復を表す、棒グラフの隣に、身に覚えのない歩数を示す棒が1本伸びていた。そして、合計歩数を見ると、1152歩とある。すぐに、その携帯を持って、朝一の会議を行ったビルを往復してみた。すると387歩と出た。昨日の合計の歩数から、そのビルの往復にかかった歩数387歩を引くと、それは何を示すか。それこそ、その奇特な方が拾ってくれた地点から築地警察署まで移動した歩数に違いない。計算すると、765歩となった。

私はその携帯を摑んだまま、外に飛び出した。そして、自分が落とした箇所とにらんでいる道端から歩き出した。そこを0歩目とした。向からは築地警察署である。幸い、築地署までは1回直角に曲がるだけである。横断歩道の渡り方で行き方は若干変化するものの、歩数自体は変わらない。しばらくすると、築地警察署が見えてきた。数々の有名な事件でテレビにもよく出る建物である。

警察署が近づくにつれ、胸が高まってきた。その拾い主は、中に入り、係のあるカウンターまで行ったに違いない。1階に入って行くと正面のカウンターにいた女性が目聡く私を見つけ、何かご用ですかと声を掛けてきた。

何か不審さを感じ取ったのだろう。私は、落とし物の係はどこかと尋ねた。2階にあることを教わり、階段で向かった。交通課の奥に落とし物係があった。そこまで行って、携帯電話の歩数計の画面を見た。749歩であった。先程の765歩とは16歩しか違わない。これではっきりした。

その拾い主は、私の携帯を拾ったあと、真っ直ぐに築地警察署に向かったのである。行き方は徒歩で、道の選択の仕方は、私とほぼ同じと考えていいだろう。お前でかした、と私は心の中で携帯に向かって叫んだ。私の携帯の中に、その方の歩数が入っている。その見知らぬ方は、わざわざ765歩も歩いてくれたのであった。

携帯電話をめぐる出来事では、二十年近く前にもなるが、もうひとつ、忘れられないことがある。その当時は、まだ携帯電話は珍しく、持っている人は限られていた。都内の大きなホテルで、何かの会に参加した、帰りのことである。

まだまだバブルの余韻がある頃で、ホテルのタクシー乗り場はみんな出払っていて一台もいなかった。やれやれと思ったところに一台タクシーが入って来た。これ幸いと後部座席のドアに近づいた。中から、バシッとブランド物で決めた男女のカップルが出て来た。このホテルに宿泊する客だろう。

入れ違いで乗り込んだ私は、築地までと行き先を言った。香水とお酒の匂いが充満するその空間は決して居心地のいいものではなく、窓を開けた。そんな時、腰に何か固いものが当たった。手探りで座席をなでると、そこには一台の携帯電話があった。

私はすぐ運転手に言った。

「携帯電話の忘れ物ですよ。先程の男性の方ではないでしょうか、運転手さんに預けますよ」

　すると、その年老いた運転手は運転しながらこう答えた。

「私に渡されても、そういう機械、ちんぷんかんぷんで困るんだけど、お客さん、もし慣れていたら、連絡してもらえないかなぁ」

　私は、掌にある携帯を眺めた。何となく触ると、着信履歴が画面に出て来た。その中に自宅という項目があった。そうだ、ここに掛ければ、連絡がつき、受け渡しの算段も出来るだろう。私は、自宅という項目を選び、掛けてみた。すぐに相手が出た。女性の方だ。

「はい、○○です」とその声は答えた。


　私は、携帯電話をタクシーで拾ったことを告げた。すると、「多分、主人のものだと思います、どこで拾われたんですか」と言った。

　私は、白金《しろがね》ですと答えた。すると、その声は唖然として、こう答えた。

「白金って東京の白金ですか?!　主人は今、大阪にいるはずなんですが――」

忘れ物、落とし物は、無口ではない。たくさんの事を語ってくれる。普段は隠れて見えない人々の行動、そしてその背景にある暮らし。忘れ物、落とし物は、無くされた後も自分の役割を忠実に果たそうとしている。無くされても地道に歩数を数え上げていた携帯、無くされても自宅に連絡を取らせた携帯。実は、みんな、持ち主の元に、なんとか帰りたがっているのである。

あぁ、またやってしまった

あぁ、またやってしまった

「あぁ、またやってしまった……」私は、思わず声を上げてしまった。私の右手には、洗濯機から取り出したばかりの紺色の靴下があった。まだ湿っているその靴下には、白い紙の断片が所々に付いていた。手を振り、パタパタと靴下を上下させると、紙の断片が散っていった。よく晴れた日曜の朝のことである。

元来、洗濯とお風呂の掃除は好きで、あまり苦にならない。それどころか、洗濯機を回していると、気分が落ち着き、その音を聞きながら、原稿を書くこともある。特に日曜の朝、早起きして洗濯機のスイッチを入れ、二度寝するというのは、自分の生活の中でも、気に入っている怠惰な習慣である。

洗濯機に手を突っ込んで、次の洗濯物を取り出した。大きなものが手に引っかかった。ジャージのズボンである。ウォーキングの時に穿くもので、花粉の季節には、ポケットに必ずティッシュを入れておく。犯人はこれか？　一瞬、疑ったが、いや、そんなことはないはず……と思い直した。何故かと言うと、寝ぼけ頭ではあったが、洗濯の前に、このジャージは特に念入りに調べたからである。ポケットの内布を外に出し、何もないことを確認してから、洗濯機に放り込んだ記憶がある。以前、これで失敗したことがあり、二度とその轍《てつ》を踏まないと小さな決意をしたことがあったのだ。

しかし、ジャージには靴下と比較できないほど、紙の破片がたくさん付いている。2、3歩後ろへ下がり、激しく上下させると、床への散らばりはかなりの広さになった。私はうんざりした。この作業を、シャツ、パンツ、ハンカチ、普通のタオル、バスタオル……と全部いちいちやらなくてはならないのだ。大変な労力である。

春真っ盛りの、年に2、3回もないと言うくらいの気持ちのいい日曜の朝に、俄《にわか》に暗雲が立ちこめた。何も、こんな朝を狙って、こんな仕打ちをしなくてもいいじゃあないか。私は、誰を恨むという訳ではなく、恨んだ。しかし、こんなことでくじけてはならない。私は、無理矢理に自分を鼓舞した。まだ日曜は始まったばかりなのだ。頑張って素晴らしい日曜を取り戻そう。私は、次の洗濯物を手にした。

ハンカチである。パタパタすると、先程のジャージとは、打って変わって、少量の紙の破片しか落ちない、靴下と同じくらいである。ふーん、やはり付着している紙は洗濯物の面積に比例するんだろうな、と私は思った。でも、その量は素材にも影響されるんだろうなとも同時に思った。その瞬間、好奇心がムクムクと湧いてくるのを感じた。果たして、付いているティッシュの量と洗濯物の関係は、どのようなものであろうか。ただ、単純に面積に比例しているのか、それとも素材に大きく影響を受けるのか。それとも、我々の考えの及ばない現象が起きていないとも限らない。頭の中を、洗濯機の中でぐるぐると回る衣類と細かなティッシュとの出会いのイメージがよぎった。

次の洗濯物を、洗濯機の中に顔を突っ込むようにして物色した。白い下着のシャツが見つかった。これは、面積も比較的大きいから、ティッシュの量も期待できるのではないだろうか。でも、白と白で、どのくらい付いているのか、一見分かりにくい。私は、場所を移動し、まだ何も落ちていない床に向かって、思い切り、そのシャツをパタパタとし出した。思ったとおり、かなり落ちる。ハンカチの5倍くらいの印象である。俄然面白くなってきた。

次に手にしたのは、薄地のトートバッグであった。おっ、これはいい。いままでにない、かなり特殊な形である。調べ甲斐がある。トートの口の大きさは、その内側にもティッシュを多く取り込むのではないか。また頭の中を、洗濯機の中で、大きな口を開け、回転するトートバッグの映像がスローモーションで現れた。小さく心が躍った。そんな、はやる気持ちを抑えて、持ち手の2本の紐を冷静に広げてパタパタした。落ちたティッシュの量は目算では、ハンカチの倍ほどであった。そして、トートバッグの内側を覗くと……。なんと、めぼしいティッシュはほとんどなかった。なんだ、大きな口をしてるくせに。

一体自分は何を期待しているのか。もう、一年に2、3回しかないほどの日和など関係なくなっていた。さらに探索は続く。では、パンツは？　タオルは？　タオルの中でも、もこもこのタオルは？　私は、洗濯機に腕を突っ込むたびに出てくる新しい洗濯物を、まるで、大事な採集物のように、そっと両手で包み込み、居間の広いところに運び、場所を変えては、パタパタを繰り返した。

全ての洗濯物のパタパタの作業が終わると、付着していたティッシュの量と洗濯物の対応関係の比較が出来るように、居間のフローリングの上に一堂に並べた。移動するときは、採集したティッシュのどんな小さなかけらも落とすことのないように、細心の注意を払った。

その結果のほんの一部分を写真でお見せする。

お分かりかと思うが、この写真に写っているそれぞれの洗濯物の下にある白い破片群が、その洗濯物に付着していたティッシュの総体である。洗濯物は、左からウォーキング用のジャージ、ハンカチ、薄地のトート、パンツ、靴下、下着のシャツとなっている。もちろんティッシュの量の正確な比較のためには、充分乾かしてから、それぞれの重さを測り、それらの数字を比較しないといけないが、この時点でも既に、洗濯物の大きさにかなり依存していることが窺い知れる。

ここでは紹介できないが、この時撮った写真には、他の洗濯物や、ティッシュが付着しているアップなどもあり、その撮影が済んだ頃には、時間もかなり過ぎ、お昼に近づいていた。こびりついていたティッシュをすっかり振り払った洗濯物を干したあと、やっと、朝の紅茶を飲むことができた。そして、テーブルの上にあったデコポンを食べながら、この二時間ばかり夢中になって行った自分の行為をふりかえってみた。

写真1

あぁ、またやってしまった

最初に、白い小さな紙の断片が付いた洗濯物を取り上げた時の気持ちは、それこそ最悪であった。自分の失敗を棚に上げ、人生最良の日を台無しにされた被害者的な気持ちさえ生まれていた。そして、その後、こんな気持ちのいい朝を一瞬にして真っ暗にした失敗に対峙して、乗り越えようとするポジティブな良い人間を無理矢理演じようとした。

しかし、そんな必要はなかった。なんと、その失敗によって、最高の日曜の朝になったのである。そして、お茶を飲みながらゆっくり考え、これは偶然ではない、この失敗がたまたま良かったということではなかった、ということに行き着いた。失敗とは、確かに、ある事がうまくいかなかった、予定通りいかなかったことである。しかし、これを別の角度から考えると、普通では得られない体験、つまり通常取得できない情報や知見がそこには含まれている可能性があるということである。失敗には、教訓が含まれていることは、誰でも知っている。ところが、教訓どころか、そこには人間が生きててよかったと思えるほどの探究心を刺激する何かが含まれていたのである。

私のこの洗濯物とティッシュを巡る考察は、この後も終わることなく、次の段階を迎えている。具体的には、黒い木綿の生地を新たに買い、それを100㎠、200㎠、……、2000㎠というような面積の正方形20枚に裁断した。今度の日曜日には、それらを洗濯機に入れ、同時に、わざとティッシュペーパーを入れ、洗濯をするつもりである。素材も一定、面積比も整数倍にしたこれらの洗濯物は、果たして、整数倍のティッシュを付着させてくれるであろうか。

フィッ、フィッ

フィッ、フィッ

友人が奥さんと一緒に、1歳と5カ月になる息子を連れて、私の事務所を訪ねて来てくれた。晩秋のある土曜日、ちょうどお昼の頃であった。友人は日本人、奥さんは米国人である。一家は、普段ニューヨークの近くの町に住んでいて、今回は、米国の長い休暇であるサンクスギビングの期間、来日したのである。

初めて会うその赤ちゃんは、リーリーと紹介された。

久しぶりの再会に友人と話が弾む。奥さんはメディアアートの修士号を持ち、しかも私が専門としている映像を生業としていることもあって、奥さんも交えて、話は弾む……が、弾みながらも度々会話は中断せざるを得なかった。

理由は、もちろんリーリーである。歩くことが楽しくてしょうがない、その小さな生命体は、私の事務所を動き回った。彼にとって、撮影機材や幼児番組用の撮影物が取り散らかっている私の事務所は、未知なものに溢れるアドベンチャーワールドに思えるらしい。音楽を作るために置いてある木琴はもとより、カメラの大型三脚など訳の分からない品々に興奮しっぱなしであった。大人たちは、視界に彼の姿を常に入れつつ、ヒヤヒヤしながら会話を楽しんでいた。彼の動きが少し止まった。撮影用の水槽を見つけ、それに釘付けになったのである。大人たちは、これ幸いと会話を楽しんだ。そんな時、急にリーリーのかわいい声が発せられた。

「フィッ」「フィッ」

見ると、水槽の中を指さしていた。私は、リーリーが何を言いたいのかすぐに分かった。リーリーは、水槽の中にいる小さな魚を見つけたのである。フィッとは、まだfishと最後まで言えないリーリーが、魚を示す言葉だなと憶測したのである。両親に確かめると、果たしてそうであった。魚を見つけたリーリーは、とても嬉しそうに、それからも何回も「フィッ、フィッ」と繰り返すのであった。

お父さんは日本語と英語を話し、お母さんは英語とスペイン語を話し、普段一家は米国に住んでいるので、リーリーは英語を使うんだ、とその時は思った。

リーリーは、水槽の他の生物にも興味をもったらしく、じっと見入っている。

我々はまた会話に戻った。

私の事務所は東京の築地にある。近くに聖路加病院もあり、事務所の前の通りは救急車の通り道に当たっている。休日だろうが朝であろうが、救急車は出動する。我々の会話が盛り上がっていたその時も、救急車があのサイレンを鳴らしながら通り過ぎていった。すると突然、「ピーポーピーポー」とかわいい声が叫んだ。

リーリーだ。リーリーは日本語もしゃべるんだ、バイリンガルなんだと思って、お父さんである友人に尋ねた。すると、

「リーリーにとって、日本語も英語もないんです。バイリンガルというよりも、もっと大きな『言語』というものがあって、その『言語』を使っているようなんですよ」

と教えてくれた。そして、

「ピーポーピーポーは、僕が乗り物の絵本をいっしょに見ながら、言ってしまった

言葉を憶えたんです」と続けた。

「……闘争」

私は思わずそう呟いてしまった。

その言葉を聞いて、少々不審そうな様子を見せた友人に対して、説明を加えた。

「リーリーは、二つの言語を理解し、そして使用しつつあるけど、もちろん本人はそんな意識はなく、まるでひとつの言語を扱っているかのように、迷うことなく、都合よく使い分けが出来ている――」

「そう言えば、ねこのことはmeow meow（ミャウミャウ）だけど、ニワトリの鳴き声はcock-a-doodle-dooではなく、コケコッコーです」

「ある事やモノを指し示す言葉が二つあった時に、その二つがリーリーの内で、どちらが使いやすいかを闘争しているんですね」

そのあとの会話は、言語のことから離れて、他の話題に移っていったが、その家族が帰ってからも、リーリーの発したフィッ、フィッという音とピーポーピーポーという音が忘れられず、幾度となく、頭をよぎった。

『闘争』という、かわいいリーリーにはおよそ似つかわしくない言葉を使ったのは、ある専門用語が背景にある。それは、認知科学の分野で使われる『両眼《りょうがん》視《し》野《や》闘争《とうそう》』という言葉である。

両眼視野闘争とは、字句通り解釈すれば、右目と左目が視野をめぐって闘争することである。

では、右目と左目はどのように争うのであろうか。

お手元に、A4ほどの紙があったら、くるくると巻いて、筒を作ってほしい。

そして、それを右手で持ち、望遠鏡のように右目にあてて、そこから部屋でも外でもなんでもいいので覗いてほしい。

ただし、覗く時二つの注文がある。

ひとつは図1のように、左手を開いて、その筒の脇に置くことである。

もうひとつは両目とも開いていてほしいのである。

すると驚くべきものが見えてくる。

図1

写真Aのように、ぽっかりと真ん中に穴の空いた掌が見えてくるのである。

空いた穴からは部屋などの風景が普通に見えている。筒の脇にくっつくようにぴったりと掌を沿わせることがこつである。その位置は各人、自分が見やすいところをさぐって調整してほしい。意外と簡単である。くれぐれも両目を開けていることをお忘れなく。

しかし、なぜこんなとんでもないものが見えるのか。それを説明するキーワードが、私が思わずその友人に発した『闘争』という言葉なのである。

私たちの脳は、たくさんの判断をしている。例えば、目の前に危険なものが現れたら、それを避けるという判断をするし、食べ物を見つけて、お腹が空いていたら、それを口に入れるという判断をする。このような例は、無意識にやっていたとしても、考えればどのように脳が判断したかは分かる。しかし、脳が行っている判断は、ほとんど意識されないし、私たちには分からないものが多い。

リーリーは魚を見ると、フィッ、フィッと言い、救急車の音を聞くと、ピーポーピーポーと発する。リーリーは無理矢理そうしているのではなく、リーリーの脳が、そのように采配しているのである。

不思議な筒を覗いた時のことに話を戻そう。

右目で筒を覗いた時、当然、右目には筒の中からの部屋や外の風景が見えている。一方、左目には、目の前にある左の掌が見えている。

——その時、脳はどのように判断するのか。

——その時、脳はどのような采配を振るのか。

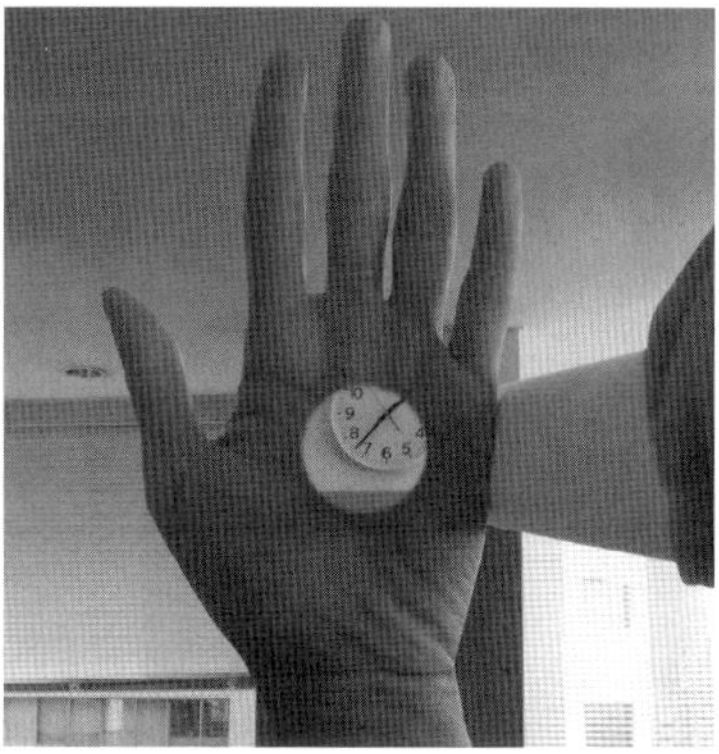

写真A

その結果が、みなさんが見た不思議な光景（写真A）なのである。

なんと脳は、右目からは穴から覗いた光景、左目からは掌という、部分的な採用を両者から行っていたのである。そして、その二つを合成して、私たちに見せてくれていたのである。

言い換えると、私たちの視野のあらゆる部分で取捨選択が行われ、右目からの情報と左目からの情報とを、どのように採用すべきかを戦わせているのである。そして、私たちの脳は、それらをあらためて編集し直して私たちに見せているのである。

この筒を覗いた場合、その闘争の結果が、この現実とは明らかに異なる『穴の空いた掌』

なのである。

この右目と左目の闘争は、脳の中で常に行われているが、普段は意識されることはなく、今回のように特殊な状況の下だと、それが露呈する。

リーリーは、もうアメリカのお家に戻った頃である。

友人の家は川べりにあり、その川の水は澄み、夏になるとみんなで泳ぐと教えてくれた。もちろん、釣りも楽しんでいるとのことである。お父さんが釣り上げた魚を、リーリーが「フィッ、フィッ」と指さしている姿が目に浮かぶ。

125

フィッ、フィッ

みなさんの○○○問題

みなさんの〇〇〇問題

今年の春先、『暮しの手帖』のこのページで、みなさんの〇〇問題を募った。〇〇問題とは、「うすうす気付いているものの、普段は何となく見過ごしている問題を再発見し、〇〇の中に言葉を入れることによって外在化させよう」というものである。この穴埋め式の課題を出されると、埋めたくなる気持ちが俄《にわか》に起こり、その勢いで様々な問題が言語化され、顕在化されてしまうという企てである。一旦、言語化され、意識されると、そこから解決への旅立ちも始まるのではないかという期待も含まれている。

みなさんからの応募は、毎月、着実に増え続けているが、ここで一度締めを行い、みなさんの〇〇問題に対して分類をし、考察してみたい。

（1） 本末転倒型

「子どもたちを寝かしつけながら、自分が寝てしまう問題」

これは、岐阜県は井上裕美子さんの◯◯問題である。多分、この問題は全国のほとんどのお母さん、お父さんが体験していることであろう。

子どもを寝かしつけるのは、親や祖父母の役目のひとつではあるが、幸せな役目でもある。一日働いてきた体には、暗い部屋、温かい子ども、一緒にいて安心、といった状態は、もはや寝るしかないのである。ミイラ取りがミイラになってしまったようなこの手の問題を本末転倒型問題と名付けてみよう。

すると、本末転倒型問題ばかり抱えている方もいらっしゃった。

「本を読むために電車に乗りたくなる問題」

「500円玉を貯金箱に入れるために千円札を使おうとする問題」

「医院の受付に、はきものが無いとつい入りたくなる問題」

（3つとも　内海志津さん）

電車では思う存分、本に集中できる、なぜか。一人になれるから、まとまった時間がとれるから。確かにそうだ。でもそれだけではない。そもそも電車に乗っている時間は、既にある目的（＝どこかに行く）を果たしている。だから、その間の時間を何に使おうとも自分には何も後ろめたいものはない。そんな心理も働き、本に集中できる。でも本を読みたさのあまりに電車に乗ったとしたら……、それは確かに問題である。内海さんの日常はこの手の問題に取り囲まれている。

（2）　自己言及型

「書いてみないと書けるかわからないサインペン問題」

（切り餅投げ太郎さん）

確かにそうだ。引き出しに入っているサインペン、書けるかどうかを知るために、我々は書いてみる。わざわざ要らない紙を見つけては、それに書いて確かめる。人工知能を作り出したのも人間だし、火星に探査機を送っているのも人間だ。しかしその人間はサインペンにはお手上げである。書いてみないと書けるかどうか分からないのである。書けるかどうかを知るために書いてみる、そんな当たり前すぎる自己言及的な解決法を、全人類は採用し、それで済ましてきたのである。

次の方の○○問題も自己言及的な要素が中心にある。中に何も入っていない箱は、その箱が何の箱か分からない、という問題である。

「レジ前の不要になったレシート入れの箱は、その中に一枚もレシートが入っていないと、不要なレシート入れのための箱かどうか、判断に迷う問題」

（西部暁さん）

レシート廃棄用の箱は、何かの商品が入っていた紙箱を流用するぐらいが身の丈に合っている。しかし、そうすると何も入ってない時は、何に使う箱か分からない。

もし、誰か、初めに一円玉でも入れれば、寄付用の小銭箱にもなりうるのである。

（3）逆効果型

「品質が気に入って購入している化粧品に、
毎回不要なおまけがついて置き場が無くなる問題」（西岡ゆかりさん）

おまけをつけられると、そのおまけばかりが残ってしまうし、せっかくの品質感にもけちがついてしまうという逆効果。他にも、この逆効果を生む問題はたくさんあった。

「特別なレジ袋に生理用品などを入れることによって、
余計に目立ってなにが入っているかわかってしまう問題」（櫻井 暁さん）

「荷物を小さくしたくて鞄を小さくしたら、

入り切らなくて逆に手荷物が増える問題」

（岡野乃里子さん）

誌面に限りがあるので、次からは分類と短いコメントだけを挙げることにしよう。

（4） なぜかやってしまうんです型

「5階に住んでいるのにエレベーターのボタンの4を押しており、1階下の家の鍵穴に自宅の鍵を突っ込みあれ開かないなというのを数度繰り返す問題」

（tmkさん）

繰り返すからには、4の位置に秘密がありそう。以前、4階に住んでいたとか。

（5） 一見美徳的吝嗇《りんしょく》型

「ラップが途中で切れて剝がれなくなり捨てようかと置いておいていつまでも捨てられない問題」

（松下ゆたかさん）

まだ使えるのでは、というわずかな可能性が破棄を拒む。

(6) 一期一会型

「『あの新聞記事をもう一度読みたい』とたった二日前の古新聞の束から、もう二度とその記事を探せない問題」(tmkさん)

探す範囲が決まっているのに、なぜか見つからない。不思議ですよね。

(7) 人間そもそも怠惰型

「時間があるときにはしなければならないことが思い浮かばず、時間がない時に限って湧いてくる問題」(大浜嘉子さん)

お尻に火がつくと頭が働きだす。それが人間と諦めるか、自分で仮の締切や制約を設けるか。

（8）　不思議な共鳴型

「テレビを見ていて、『この人って、なんていうんだっけ？』と誰かが言うと、そこにいる全員が、なぜかその名前を忘れてしまう問題」（鮭のキリミさん）

普段だったら難なく思い出せることでも、誰かが分からなくなると、それが伝播してみんなが分からなくなってしまう。認知科学的な好奇心を刺激するような現象――。

今回、みなさんから寄せられた○○問題を分類し、考察してみました。

多くの場合、解決法も通り一遍には見いだせそうだが、現実にそれを採用していないそれなりの理由も感じ入ることができ、敢えてその解決法については書かなかった。例えば、子どもを寝かしつける時に一緒に寝てしまう問題は、問題という形をとってはいるが（着替えていないとか歯を磨いてないとか、そもそもまだ大人が寝る時間ではないとか）、既に幸せというおまけがこの問題を凌駕している。これは、問題のまま、世の中に存在させていいのではないかと思う次第である。

レシートを入れるのかどうか判断に困る箱については、専用の箱を製造・配布するのは少し大げさだし、当座の費用もかかる。レシート回収を本部として推進していることになり、それも本意ではないはずである。レシートが要らないお客さんのために、その場でぽいと捨てる機会を与えるサービスという身の丈と、現状の余った紙の箱がちょうどいいバランスなのであろう。


もちろん、これらの問題に対しても、子どもを寝かしつける時はパジャマに着替えようとか歯を磨いてからにしようとか、レシート入れも広告を入れて全国均一の廃棄箱を作ろうとか優等生的な解決法は言える。でも、それは真の解決法と言えるのだろうか。もちろん、問題は基本的に解決しなくてはならない。でも、みなさんが寄せてくれた○○問題をひとつずつ読ませていただくと、この○○問題で大事なのは、それがなぜ、我々の内で、意識下という微妙な位置に存在していたか、よく考えることであると感じた。

我々の感覚が鈍っていて言語化できなかったのか、それとも敢えて、それをそのままにしていたのか。
そのどちらでも、とても意味のあることが隠れているのではないだろうか。

――みなさん、○○問題へのたくさんのご応募ありがとうございました。
全部紹介できず、すみません。

5　名の監督

5名の監督

「みんなで短編映画を作りませんか」

「やりたいです！」

と元気な声が戻ってきた。私はさらに続けた。

「その映画作りをC projectと呼ぶことにしよう」

「先生、そのCプロジェクトのCって何ですか？」


3年前の夏、東京藝術大学の私の研究室での会話である。私は4名の佐藤研の院の2年生を前にして、白いチョークでC projectと板書していた。

「Cプロジェクトのって、その……」一瞬、逡巡したが、思い切って言った。

「カンヌ（Cannes）のCです」

「えー！」

２０１1年の手帳を開けてみると、８月の３日からC projectという項目が頻繁に登場しているので、この会話は、その直前の研究会の出来事となる。

「そう、カンヌのCのこと。ところで、カンヌ国際映画祭って、応募はいつだろう。誰か、ネットで調べてみて」

一人が開いていたコンピュータをカタカタと叩いた。

「先生、応募は来年の3月です」

「ちょうどいいじゃないか。４人が卒業する月に応募するんだ。これからは、この映画のことをCプロジェクトと呼ぶんだぞ」

「でも先生、同期の連中や下級生からCプロジェクトのCって何って聞かれたら、どうしますか？」

さすがにカンヌのCとは恥ずかしくて答えられない。身の程知らずも甚だしい。

「そういう時はだなぁ、真面目な顔をして、クリエーティブ・プロジェクトのCですって答えておこう。カンヌ・プロジェクトだと、あまりに取らぬ狸の皮算用すぎる」

私を含めて5名の笑い声が研究室中に広がった。その後、私は自戒も込めて、みんなに言った。

「正直なところ、カンヌに行けるなんて、これっぽっちも思っちゃいない。そんなにずうずうしくはない。でも、試みなければ何も得ることができない。池に石を投げれば、その石が落ちたところから波紋が出て、そこからカンヌまでがどのくらい遠いのか、そしてどの方向に行けばいいのかが、今より分かるだろう」

カンヌ国際映画祭は、コンペティション部門が一番有名で、かつて日本映画も黒澤明監督や今村昌平監督が最高賞のパルムドールを獲った。他に短編映画部門もあり、最高賞にはやはりパルムドールが授けられる。

このCプロジェクトは、我々の心配を他所に他の学生にも他の研究室にもまったく注目されることなく、進行していった。しかし、企画は難航に難航を重ねた。

5名全員が納得しなければ合格としない、という条件を満足させるものは、私も含めて出せなかったのである。

3、4カ月経った頃だろうか、さすがにCプロジェクトもここまでかな、と諦めの様相が漂いだした頃、全員が頷いたひとつの案が生まれた。それは、ある特殊な撮影方法に固執するものであった。全てのカットを、同じ画角で撮影するという企画であった。

普通の映画はアップがあったり、引いた絵があったりするのだが、それを自分たちで勝手に不自由な制約を設け、カメラの画角は一定にして、全ての絵作りをするということである。不自由なのは、制作者だけではない。映画を観る方は、もっと不自由さを味わうはめになる。通常なら映画では女優のアップがあったり、美しい風景の引き絵があったりして、満足させてくれるものである。それがわざわざ、なぜか決まったサイズの絵しか見せて貰えないのである。それでは満足よりもストレスが生まれるのではないか、楽しさを与えるというより、我慢を強いることになりはしないか。

でも私たちは考えた、最近の映画は親切すぎる嫌いがあるのではないかと。もし我々が作るなら、今までにない映画に挑戦しようと。それが研究室で映画を作る意義になるとも考えた。

そして、撮影対象として、結婚式における集合写真という設定を選んだ。二組の親族が一堂に揃い、階段状に礼服や着物姿が並んだ光景を、4、5人しか入らない窮屈な映像で切り取るのである。もちろん、集合写真を撮る最中なので、基本的にみんな黙っている。お色直しの新郎新婦を、することもなく待っている、そんな、どう過ごせばいいか分からない時間を撮りたいのである。ストーリーもなく、主役もいない。

そんな奇妙な映画なので、作り方も手探りであった。撮影場所としては、結婚式場で有名な八芳園を選んだが、1回の撮影では、自分たちのやりたいことが網羅できていないと判断し、再撮を決定した。しかし、それでも満足がいかず、さらに再々撮をした。撮影しては編集し、それをみんなで観ては、自分たちが求めている映画はどういうものなのかを話し合った。当初目指したカンヌへの応募時期は簡単に過ぎていった。

4人の学生の卒業式も終わったが、このCプロジェクトは終わらなかった。彼らが卒業しても2年間続けたのである。ある者は研究者になり、ある者はテレビ局に勤めた。そして、今年の3月初旬、やっとCプロジェクトは完成し、ぎりぎりに応募した。題名は『八芳園』とした。

私の手帳にC project と記されることのなくなった4月の中旬のことである。まわりではカンヌに応募したチームの落選の通知のことがちらほら聞かれるようになった。一方、カンヌから一向に連絡のこない我々は、応募を担当した一人に対して疑心暗鬼になっていた。

「ほんとに応募できてるんだよな？」

「多分……、なんせ、こういうこと初めてだから。記入漏れとか、ないとは思うんだけど……」

心細そうに話す彼を見て、残りのメンバーはもっと心細くなってしまった。

久々に集まった彼らに対して、励ますように私は言った。

「たった1回でカンヌに通るわけはない。ここでへこたれずに、もう一度挑戦しよう。今日から、C project 2を始める」

さすがに若い人たちである、この一言で、またやろうやろうということになった。

その場で、また一から企画を始めた。すると、今度は、アイデアがぽんと出た。またまた一筋縄ではいかないような企画であった。まずは、試作映像を作ることにし、学校のスタジオの予定を調べ、出演してくれる人たちを探した。

そして、撮影を5日後に控えた深夜、一本の短いメールが届いた。

I am very happy to let you know that we invite your short film "Happo-En" in competition for the short films competition for the next Cannes Festival taking place from May 14th to 25th.

（あなた方の短編映画『八芳園』を、この5月14日から25日に催されるカンヌ国際映画祭のコンペティションに招待することをお知らせできて幸いです）

来た、来たのである。カンヌの事務局からのメールだったのである。

我々のC projectが本当にカンヌ・プロジェクトになった瞬間である。それからはもう、ばたばたである。

気づくと、私を含め5名の監督は、カンヌのシアターの壇上に、他の監督たちと並ばされていた。今年は世界から3450本もの応募があり、その中の9本が招待上映として選ばれ、そこで同時に上映、審査された。我々の映画だけ異質に見えた。

翌日、あの有名なレッドカーペットを歩き、メイン会場である大ホールの授賞式に臨んだ。ソフィア・ローレン、ユマ・サーマン、そうそうたるスターの姿が見えるたびに会場ではスタンディングオベーションが沸き起こる。

異様なほどのお祭り騒ぎが一段落して、授賞式が始まる。

いきなり短編部門の発表だ。

会場が静まり、審査委員長のキアロスタミ監督が作品名を読み上げる。

「——LEIDI, Mesa Soto」

Cプロジェクトは、ここで力尽きた。

式場を出た私は4人に言った。

「新しい課題を出します」

みんなの顔が一瞬、こわばった。

「我々の映画はなぜカンヌに来れたのか。そして、なぜ賞に届かなかったのか。それを考えてください」

私は、C projectを始める時、『池に石を投げれば、カンヌへの距離、方向が分かる』と言って、みんなを引っぱってきた。しかし、石を投げたら、なぜかカンヌに当たってしまったのだ。前日、公式上映で大スクリーンにかかった自分たちの映画を客観的に観て、やっと自分たちがやってきた事が理解できた。そして、なぜ我々の映画がここに来れたのかも分かった。知らないが故の新しさへの無謀な挑戦、一種のビギナーズラックが数回も起こっていたのだ。

いろんな事を知ってしまった我々は、全く新しい事に挑戦ができるのだろうか。

大ホールの包み込むような座席に深々と身を埋めながらも、もう二度とカンヌには来られないというぐらいの遠さと絶望感を、私は感じていたのである。

全国の巻き尺への疑惑を晴らしたい

全国の巻き尺への疑惑を晴らしたい

今日は、あるものに掛けられている無実の嫌疑について、それを晴らすべく、筆を起こしたい。

それは、我々の生活においては些事中の些事と言ってもいいほどのことである。しかし私自身、人生数十年にもわたり、余りに申し訳ない誤解をしていたこともあり、悔悟の念から伝える責務を勝手に感じているのである。

そのあるものとは、おそらく皆さんのご家庭にも一個くらいはあると思われる、金属製の巻き尺*（メジャー）のことである。なんだメジャーかと思わずに、私の話を聞いてほしい。多分、いや間違いなく、あなたも誤解しているに違いない、そうでなければ、まったく気にしていない、そのどちらかである。こんなにも素晴らしい先人たちの知恵と工夫を知らずして、それどころか誤解したままメジャーを使うなかれ、なのである。

もし、今、身近にメジャーがあったら、お手数だが手元に持ってきてほしい。メジャーがない方は、誌面の許す限り写真を提示するので、なんとかご想像いただきたい。

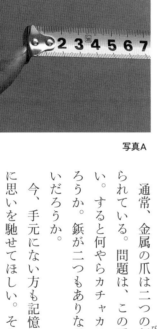

まず、メジャーの測る部分の先端を見てほしい。ひっかけるような金属の爪が付いている（写真A）。目盛りのあるテープもやはり金属製だが、白の塗装がされている。

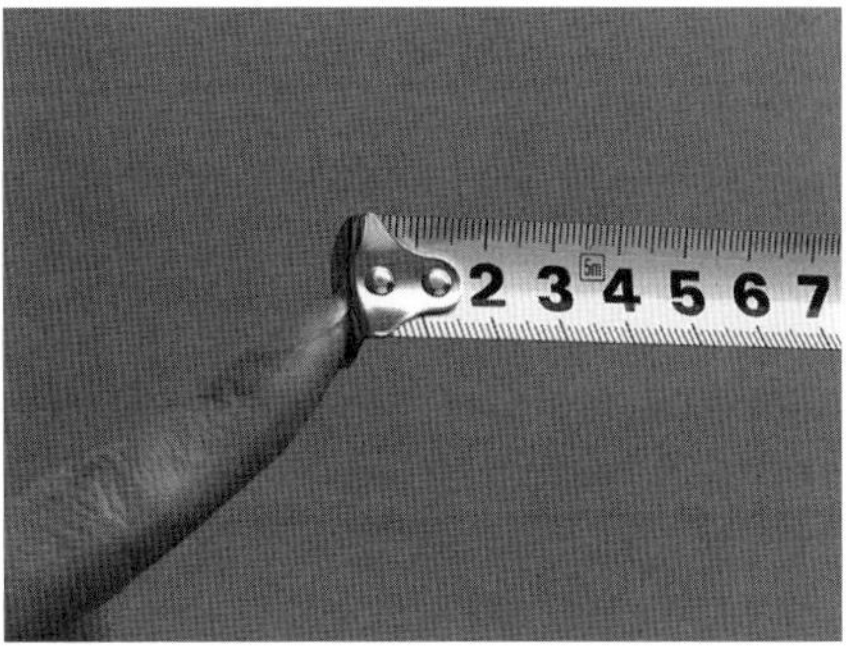

写真A

通常、金属の爪は二つの鋲《びょう》でテープに取り付けられている。問題は、この爪である。触ってほしい。するとなにやらカチャカチャと弛《ゆる》んでいないだろうか。鋲が二つもありながら、微妙なずれがないだろうか。

今、手元にない方も記憶の中で、メジャーの先に思いを馳せてほしい。そう言えば、いつもカタカタしていたな、と朧げながら、あの感触を思い出すのではないだろうか。そう、お宅のメジャーは古くて、ガタがきているのである。いや嘘である。私の家のメジャーは新品だが、やはり弛んでカチャカチャ言っている。
もしかして不良品を買ったのか。いや、家にあるもう一つの別のメジャーも同じである。この部分は、素材的に、あるいは構造的に弛みやすいのか。それにしても測る道具が、こんなことでいいのだろうか。もっとしっかり留めなくては駄目ではないか。部屋や家具の大きさを測るのに、1〜2ミリの誤差は気にしたら神経質なのか。
でも、もっと小さなもの、例えば、20センチ位の箱の大きさも測ることがある。その時の1ミリは無視できない数字ではないのか。

さらに、目盛りをよく見てみると、最初の1センチのところ、微妙に短く感じないだろうか(写真B)。気のせいかも知れないが、何やらちょっと短く感じてしまうのである。1〜2ミリほどだろうか? 短いとしたら、やはり不良品か。何かの拍子に削れたのか。お宅のメジャーはどうであろう。

一年間で数回あるかないかのメジャーとの付き合いで、私がこのガタつきや微妙に短い1センチに対して、取ってきた態度はどのようなものであっただろうか。

実は、大きくは、敢えて気にしないようにしていたのである。メジャーとして売ってたんだから、細かいことは気にしないでメジャーとして使おう、こんな感じであった。何かの拍子に、ガタつきが意識上に上がろうとすると、私は次のように自分に言い聞かせ、その意見を意識下に押し戻していた。

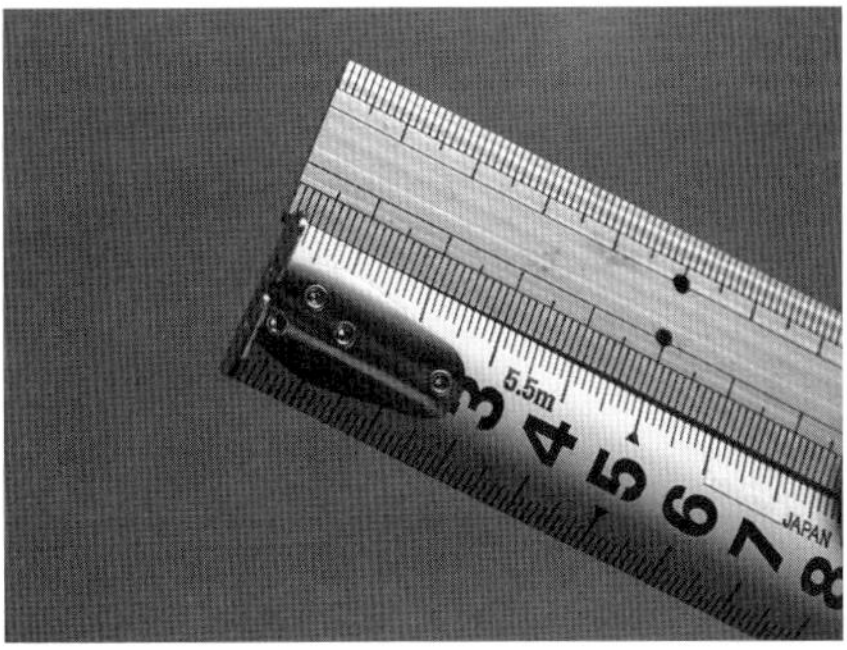

写真B

「鋲で金属を取り付けるのって、難しくて、すぐガタが出るものなんだよ」「1〜2ミリなんて気にしないで、もっと大らかに生きようよ」「正確に測る時はメジャーじゃなく、ものさしを使えばいいじゃないか」などなど。

しかしそれらは、すべて誤りであったのだ。メジャーに対して何ていう失礼な態度。憐れみや情けさえかけていたのだ。何という傲慢さ。すまないメジャー。

実は、このガタつき、意図的であったのだ。きちんと測る工夫だったのである。だから新品であろうとガタついていたのだ。

メジャーの使い方は二つある。測るモノによって変わる。

一つは先の爪を押しつけて測る（写真C）、もう一つは、先の爪をひっかけて測る（写真D）、である。測るものに応じて、二つの使い方ができるのである。

写真C

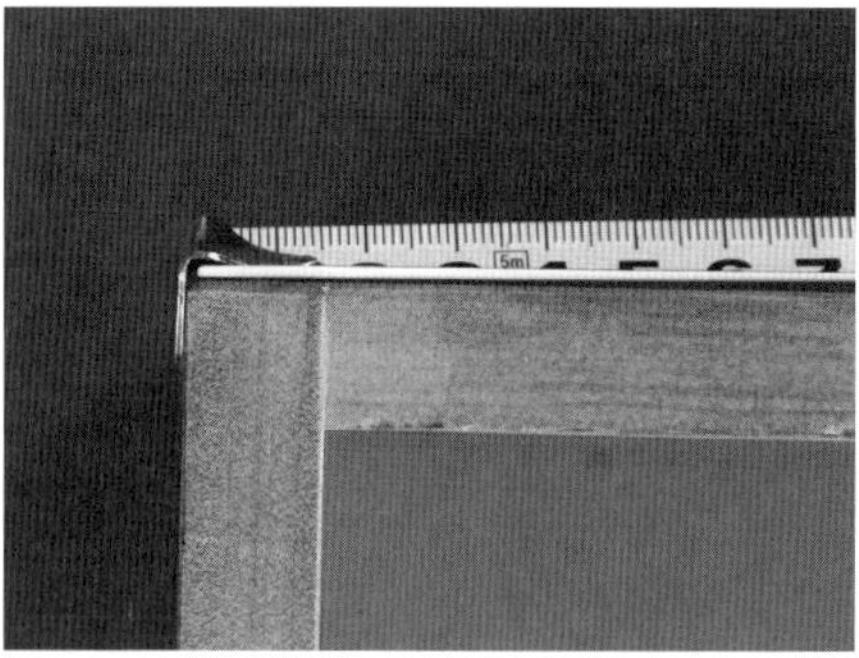
写真D

ここで、考えてほしい。写真Cでは、金属の爪の厚みを含んで測っていることになる。なので、爪の厚みを入れてちょうど1センチになるように目盛りが打ってある。つまり、爪の厚みの分だけ、最初の1センチは短いのである。測ると爪の厚みは1ミリであった。すなわち、最初の1センチは9ミリということになる。だから微妙に短く感じていたのだ。

それに対し、写真Dでは爪の内側から測っている。この場合は、爪の厚みは測った長さに含まれない。すると、短い1センチのまま、測ることになりはしないか。いや、ここにも工夫があるのである。目を凝らして写真Dを見ると、爪とテープの先端との間に、ほんのわずかな隙間が空いている。テープが右にカチャッとずれて、隙間を生んだのである。この隙間は1ミリで、短い最初の1センチ（実質9ミリ）をちょうど補填しているのである。

先頭の爪がカチャカチャと動いてしまっていたのは、この二つの測り方にその都度、スライドして対応した結果なのであった。

何というきちんとさ、何という叡智。

私たちが無意識にちゃんと測れるような作りだったんだ。

許せ、全国のメジャーよ、私たちの誤解を。

安物だからガタつきがある、古いから壊れている、不良品だった。とんでもない濡れ衣だった。

許せ、全国のメジャーよ、私たちの態度を。金属加工って難しいんだからしょうがないよなっていう思いやり、こんな細かなことって、あまり気にしないようにしようという気の使い方、何という尊大な態度。


私たちは、本当はいろんなことに気がついている。メジャーの先のガタつきも、最初は何か変だなって、微《かす》かに思ったに違いない。でも、何故か、それを抑え込む。気にしないようにする。その方が楽に生きられるのであろう。その選択の結果が、このメジャーに与えた屈辱的とも言える誤解である。まったく気がつかないのなら、やむを得ないとも言える。しかし、私たちは、無意識に近いところで、微かに気がつくのである。私は、メジャーに、もう何十回いや何百回も触れている。その度に自分に言い聞かせていた。「気にしない、気にしない」と。

その態度を思い出す度に、腹立ちさえ覚える。何に対しての腹立ちなのか。それは、メジャーにかけてしまった誤解にではない。寧《むし》ろ、その後にメジャーにかけてしまった憐れみや思いやりにである。

私は、自分が勝手に生んでしまった疑惑を追及するどころか、それに対して自分をいい人として存在させていた。

許せ、メジャーよ、この冤罪《えんざい》にも似た汚名を与えたことを。

＊正式名称はコンベックスと言う。convexとは、「凸面の」という意味で、テープに樋（とい）のような凸状の曲がりがあり、それでまっすぐが保持されるのである（筆者註）。

とくの話

とくの話

あれは、私が小学校の四、五年生の頃だったと思う。ある日、学校から帰ると家の玄関先に、身を隠すように屈んで向かいの家を見ている女の人がいた。

その人は、もんぺ姿で足には泥だらけの地下足袋を履いていた。そして、髪の毛を手ぬぐいで覆ったその人は、私の家の前にある漁師の家の玄関先をじっと見つめていたのである。何か異様なものを感じた私は、近寄れず立ち止まった。その時、家の中から私の母親が出てきて、その人の背後から声をかけた。

「あんた、とくの母親だろ。そうだろ」

ふいに声をかけられたその人は母親をじっと見返し、かけていた汚い手ぬぐいを取り、それで顔を覆った。

〝とく〟とは、その漁師の家に他所から連れてこられた色黒の若者であった。来た時はまだ中学生で、漁師の家から地元の中学に通わせてもらっていた。その家には5人の兄弟がいたが、6人目の子として籍を入れると聞いた憶えがある。近所では、字もろくに読めないと悪口を言うものもいた。しかし、その漁師の兄弟たちは、とくをかわいがっていた。漁師ゆえに荒い言葉遣いで、なにかにつけ怒鳴ってはいたが、その遠慮のない態度は決して悪く感じなかった。親方である、その兄弟たちの父親も、他の兄弟と隔たりなく、怒ったり、小遣いをあげたりしていた。

私の生家は、西伊豆の戸田《へだ》村というところである。

今では、沼津市と合併したが、それまでは、人口が4000人ほどの、漁業が中心の小さな村であった。

漁業と一口に言っても、大きくは遠洋と近海に分かれ、遠洋はインド洋やアフリカ沖まで行って、マグロを獲っていた。片や近海は、駿河湾で海老や蟹、イワシなどを獲っていた。海老や蟹は、トロール船で漁をし、通称トロと呼ばれていた。トロはかなりの深海の海底を網で引いて、獲物を捕獲する漁である。

家は海に近かったこともあり、近所はほとんどが漁師であった。向かいの家は網元で、トロをやっていた。トロは、解禁の9月から翌年の3月末まで、よほど海が荒れていなければ、毎朝漁に出る。夕刻、港に帰ってくるのだが、それで終わるわけではない。それから陸での作業が残っている。女衆も総出で、その作業を手伝う。岸壁につけられたトロール船の船倉は、タカアシガニや様々な種類の海老やイカ、そしてカサゴなどの魚やグロテスクな深海魚、時々はアンコウなどが砕かれた氷といっしょに満杯の状態になっている。それを円筒形の樽に、どんどん移し替える。それが何十杯も、その漁師の家の前の道に並べられる。

漁師の家の前の道というのは、私の家の前の道でもある。船用の照明が煌々と、その道にも当てられ、仕分けが始まる。照明があっても、樽の中は暗い。その闇を蠢く怪しげなものは、蟹か、海老か、地ダコか、イカか、はたまた水圧の急激な低下により目玉を飛び出させている深海魚か。

お金になるのは、もちろん蟹、海老の類である。なかでも、戸田名産のタカアシガニ（戸田では大蟹《おおがに》と称される）は、その頃のお金で、一杯千円以上で取引されていた。今なら1万円ほどであろうか。大蟹は、脚を広げると3メートルもあった。漁師の家には広い台所があり、そこでは何杯もの大鍋を火にかけて、巨大な大蟹を茹でているのであった。道に面した窓からはもくもくと湯気が立ち上る。照明に当てられた湯気は、辺り一帯に立ちこめ、星空さえ見えなくする。私と母親は、こちらの台所から時々その様子を覗いていた。湯気の中から大蟹の長い足が折り畳まれて、大鍋に入れられるのが見える。

そんなトロを生業としている家だから、男手はひとりでも欲しい。そんな時、どんな縁があったのかは分からないが、どこからか、とくと呼ばれる素性の知れない10代なかばの少年が、その漁師の家に転がり込んでいたのである。

女の人は飯場のひとだった。その頃なら小学生でも、それは分かった。飯場というのは、日雇いの建設現場で働く土工たちが寝泊まりする一時的な仮宿舎であった。その土工たちは、組単位で動き、道路や橋や大きな家の工事現場を請負っていた。高度成長期の日本には必要な労働力であった。基本的に流れ者の集団で、村の人たちはその飯場に近づかなかった。

「あんた、とくが出てくるよ」

母親が、その人にささやいた。その人は、どこかでとくを生み、育てられなくなって、手放したのだろう。私は家の中に入ったが、玄関の開いた戸から、そのいきさつを見ていた。

突然、その人の身体が何度も何度も前後に揺れた。漁師の家の玄関に、すっかり青年になっていたとくが現れたのだ。

久々に見る我が子、それが十年ぶりだろうと母親には当然分かるのだ。とくは、どこかに遊びに行く感じだった、いい格好をしていた。

目の前にとくがいる。隠れるようにしていた中腰の身体が震えていた。道に出たい、出て、とくって声をかけたい。でも、出る勇気がない。子どもの私にも、その人の逡巡は伝わってきた。飯場の昼休みに抜け出して、泥だらけでここに来たのだ。工事が終われば、飯場はまた別の土地へ移る。とくは、もう出かけてしまう。今、立ち上がらなかったら、もう一生会えない。

とくがとうとう玄関から出てきた。女の人が思わず立ち上がった。でも、一歩が出ない。

「あんた、行きなさい」

母親が強く言った。はっきり憶えていないが、背中を押したような気もする。表の道にふらっと出たその人は、ちょうど出てきたとくの目の前に不自然に立った。そして、とくを黙って見つめた。とくも、突然現れた女の人を見た。時間が一瞬止まった。しかし、次の瞬間、とくは不審そうな表情を浮かべた。思わず、その女の人は申し訳なさそうに微かにおじぎをした。とくは、何か、居心地が悪そうに、そこから離れていった。その人は声ともつかないため息をついた。この地球上に支えとなるものがなくなったように両手が空《くう》をさまよった。

その女の人は、とくが戸田の網元に引き取られたことは知っていたのであろう。屋号まで知ったに違いない。でも、転々とする飯場の生活で会いに行けるわけがない。そもそも、今さら、私があんたの母親だよと言っても、その子にとって、何になるのか。置いてくれている家の人たちに対しても、どうしてのこのこ現れることができよう。

そんなある日、次の現場は、戸田だということを飯場で聞かされる。戸田……、とくがいる村だ。そして、戸田に来て働いているうちに、とくがいる漁師の家の場所もなんとなく目星が付いた。でも、会いには行けない。

とうとう戸田の現場も明日で終わりという日、お世話になっている漁師の家の人には、こちらの姿は分からないだろうから、一目だけ見に行こうと決心した。一目見たら帰る、そう心に決めてここに来た。

とくが去ってから、私の母親は、その人を呼び入れ、お茶を勧めた。

「また来なさい、来てもいいから」

その人は無言で泣いていた。そして、黙って出て行った。お茶には口もつけなかった。

とくはその後、何回か村を逃げ出した。ある時は山に潜んでいるところを見つかった。でも、最後はいなくなった。その後の消息を私は知らない。

私は、ずっと強く思っていた。いつか、このとくの話を残したいと。

大学で映画の脚本について話し合う内に、とくの事がふいに思い出され、学生たちに話した。皆、神妙に聴いていた。現代の日本でも悲惨な事はたくさん起きてはいる。が、こんな純粋とも言える悲しみが、かつての日本では起こっていたのである。

私の脳裏には、あのお母さんがとくの前に飛び出た時の事が何度も投影されてきた。その度に思うことがある。

それは、とくはあの時、目の前に出てきた女の人を母親だと分かっていたということである。分かったけれど、いや分かった故に、不審そうな表情を敢えて採り、あのとくをして分からないふりをさせたのではないかと思う。母親の微かなお辞儀も、それに対しての肯《うなず》きではなかったかと思うのである。

間違った使い方か　新しいのか

間違った使い方か　新しいのか

もう30年前のことである。アメリカに仕事で行った際に、大きな文房具店に入って、変わった形の金属製の細長いヘラを見つけた。

その形の特殊さに、何に使う道具なんだろう？と興味を持ち、説明書きを読んだら、ホッチキスの針を取る専用のヘラと分かって、物珍しさに購入した。日本に戻って使ってみると、確かに紙を閉じたホッチキスの針を取るには便利だったが、ホッチキスに付属している専用の尖った出っ張りで事は足りる気がした。

その存在を忘れかけていたある日、紅茶の缶を開ける必要が生じ、たまたま机の上に出ていたそれを使ってみたところ、これが実に具合がいい。ヘラの先が丸味をもって尖っていて、狭い隙間に入りやすい。しかも30°くらい曲がっていて、それが丁度、てこの役割をして、缶の固い蓋も難なくパカッと開けることができる。

それまでは、スプーンを使ってこじ開けていたが、数倍使い勝手が良い。使い方は明らかに間違っているが、この便利さは見過ごすわけにはいかない。それ以来、我が家では、缶の蓋開け専用器として、30年間、君臨している。

さらに、そこから20年前のことである。

小学生の私は、ある日、近所の上級生から、ライフル銃のおもちゃをもらった。ガラクタとは言え、随分気前がいいなと思った。案の定、引き金を引いても、何の反応もなかった。壊れていたのだ。

ヨコスカ屋という、駄菓子屋兼おもちゃ屋で随分前から売っているものだというの

は知ってはいたが、面白そうなものではなかったので無視していた。でも一旦手に入れると、壊れていても捨てるのは惜しく、分解してみることにした。

　すると、中の細長い機構が剝《む》きだしで取り出せた。確かに、引き金まわりは折れたり割れたりして壊れていたが、長いバネや弾を押し出す仕掛けは無事であった。

　その剝きだしの機構を少しいじっているうちに、何となく仕組みが分かってきて、試しに、弾の代わりに細長い金属の管を塡《つ》めてみた。そして発射してみた。

　するとその細長い金属の管がまるでロケットのように飛び出した。面白いので、遠くに落ちたその細長い管を拾って、また発射させた。何度もやっていると、近所の仲間たちが近寄ってきて、何やってるんだよと尋ねるので、成り行きを説明した。すると、みんなやらせてくれとせがむので、順番にやらせた。

　その内、誰かが「俺、それ買ってくる、ヨコスカ屋だよね」と言って、小遣いを取りに家に向かって走り出した。みんなも、それに乗じた。私も遅ればせながら、ヨコスカ屋に行ってみると、みんなが、我先にとそのおもちゃを買っていた。数カ月も売れずに店先に置いてあったおもちゃが俄《にわか》に売れ出したものだから、店番のおばさんはきょとんとしていた。

そして、今度は、買ったばかりのおもちゃを店先で壊し始めたのである。渋い顔をしだしたヨコスカ屋のおばさんを尻目に、みんな、私に聞いてくるのだった。次はどうやって作るんだっけ。しばらくして完成すると、みんなで元の場所に戻り、ロケットの飛ばしっこをした。バネが剝きだしの発射台は、どれも勢いよくロケットを打ち出してくれた。みんな歓声を上げていた。しかし私は、複雑な気持ちだった。私はいい、私はそもそももらった、しかも壊れたおもちゃで作ったんだから。でも、みんなは買ったばかりのおもちゃをわざわざ壊したんだ……。本来の遊び方（＝ライフル銃）から見れば、この時の遊び方（＝ロケット）は間違っていることは確かである。

何か罪悪感みたいなものを一人で感じていた。しかし異常に楽しかったことも確かであった。

ハッキング（hacking）という言葉がある。通常は、コンピュータ用語として使われ、ネットを通じて、他者のプログラムに潜入し、そのプログラムを改竄《かいざん》するという意味である。改竄とは、悪用するために、勝手に直すことであり、悪い意味として使われるが、最近、このハッキングに前向きの意味合いを持たせる場合がある。先週のことである。私の大学で行われた合同授業で、ある教授が学生の制作物に対して、こう諭した。

「みんなは、たくさんの技術をこの大学で学んでいる。でも、従来の使い方を組み合わすだけでは、駄目です。ハッキングを起こしなさい。技術をハックしなさい。まず技術の原理まで理解し、その上で思考的にジャンプして、まったく新しい価値を生みだす使い方を考えなさい」

ハッキングの大本の意味は、コンピュータに関する高い技術や知識を持つ者が、プログラムやシステムを改良することであるので、本来のポジティブな意味合いに近づいたとも言える。

そういう意味で、私は、1980年代に任天堂がファミリーコンピュータと銘打って、ゲーム機を出した時、瞬時に沸き起こった世の中の熱狂を冷視しつつも、ある点には深く感服していた。

それまで、テレビは放送を受像するものであった。ビデオの存在はあったが、あくまでそれは映像を見るという意味で同じ範疇と思われていた。本来のテレビ、すなわちtele＝「遠くのもの」を、vision＝「見る」という枠組みを任天堂のファミコンは大きく打ち破った。一家に一台という膨大な数のテレビを電波から解き放ち、番組を見るものとしてではなく、ゲームをやるものとして、大きく価値を変えてしまったのである。テレビがいわゆるテレビからモニターという、価値を持った瞬間であった。このハッキングは、松下やソニーといったAV製品の本流から大きく離れた任天堂によってなされたのである。

ファミコンだけでなく新しい発明は、このようなハッキングから生まれる場合が往々にしてある。ウォークマンの発明も、既に発売されていた小型のテープレコーダー（録音機）に手を加え、なんと録音機能を取り去り、再生専用にしたところから生まれたと言われている。

でも、ここで忘れてはいけないことは、ハッキングを起こすためには、機械やシステムをハックするだけの技術力が必要なのである。それまでに生まれた技術や知見を充分身につけた上でないと、ジャンプする土台がなく、ハッキングは起こらないのである。

任天堂の中興の技術者・横井軍平さんが名付けた「枯れた技術の水平思考」は、これを示すものと私は考えている。

我が家の缶の蓋開け器レベルでは、まだまだ生活の工夫の範疇で発明とまでは到底言えないのであるが、そこでも既に価値の転換は行われている。おもちゃのライフル銃からロケットへの改造も、価値の転換という観点からは合格と言えるであろう。

ハッキングがうまく行われると、それによって生まれたモノに、あるものが宿る。新しい価値を発見した瞬間の、驚きと喜びが宿るのである。

初めてファミコンを買って、家のテレビに繋いだ時、それまでおとなしく置かれていたテレビが、いきなり活き活きと別の顔を見せたことを覚えている方も少なくないかもしれない。

私は、「お前は、こんな力も持っていたのか」と長年つきあったテレビに心で話しかけ、なにか申し訳ない気持ちさえした。

初めてウォークマンを着けた時、誰もが感じたのではないかと思うが、世界が変わった。ウォークマンはオーディオ製品のひとつであることは分かるが、そんなことはもうどうでもよくて、ウォークマンはウォークマンだった。

　ヨコスカ屋の店先で、みんなが一斉におもちゃのライフル銃を壊し始めた時、私は、後ろで密かに震えていた。

自分の何気ない発見が、みんなになけなしの小遣いを使わせ、しかもみんなは何の疑いもなく道ばたの石を拾い叩きつけて壊しているのである。

新しいおもちゃは果たして、みんなの期待に沿えるのか。

体験したことのない種類の責任感に、子供の私は震えていたのである。

かわいいを巡る考察

かわいいを巡る考察

その日、駅から事務所に向かって歩いている私の目に、道路の上をなにやら妙な動きをしているものが飛び込んできた。アスファルトからゆらゆらと熱気が上がる、真夏の昼下がりのことである。

それは、一本の青いホースだった。道を塞ぐように横たわっていたそのホースは、細い路地から延びていた。その青く長いものは、自分が撒いてできた水たまりの上を、ぎこちない動きでずるずるとその路地に引っ込んでいくのであった。

その時、ホースから数十メートル離れている私に思いもよらぬ気持ちが生じた。

『なんだか、かわいい……』

何を以て、そのかわいいという気持ちが自分の内に出てきたのか、一瞬分からなかった。目の前には、青いホースが、妙な動きで引っ込んでいくだけである。

およそ、かわいいって言葉が似つかわしくない、ビルに囲まれた殺伐としたアスファルトの上のことなのである。

青いホースが引っ張られている路地が近づいてきた。もうホースは歩道に1~2メートルはみ出しているだけになっていた。このホースの元では何が起こっているのか。路地に着いた私は、そのホースを辿るように首を回した。すると、その青いホースの元に、小さな半ズボンが見えた。一人の小さな男の子がいたのである。お父さんに言われたのか、その男の子は水撒きを終えたホースを一生懸命に引っ張って片付けようとしていたのである。後ろのお父さんはにこにこしながら、応援の声を送っている。まだ水を所々に含んだ長いホースを引っ張るのは、2~3歳の子供には重労働である。結果、ホースは止まりそうになったり、お父さんに声をかけられた時は、ぐぐっとした元気のある動きになるのであった。

事務所に向かって再び歩き始めた自分は、その動きの所以《ゆえん》の思いがけなさに嬉しくなった一方、心のどこかに解けない結び目のような小さな不可解さも感じていた。何故、自分はホースの動きだけで、あんな確かな『かわいい』って気持ちを持ってしまったのか。現実には、一本のホースが道路に横たわってくねくね動いているのを遠くから見ただけなのである。

■かわいいものが苦手

私にはこの数十年間、ひとつの矛盾があった。それを知りつつも触れないように生きてきた。

私には忌み嫌っているものがあった、それは、世の中にあふれる「かわいい」キャラクターの類であった。着ぐるみ・ぬいぐるみはもちろん、キャラクターのついたカップや文房具なども苦手であった。でもそれだけなら、何の矛盾もない。

実は、そんな自分はいくつかのキャラクターを生み出してきている人間でもあるのだ。バザールでござーるという子ざる、くまのバンクー、だんご3兄弟……。

正直、私はこの内なる二律背反に目を背けてきた。そうでなければ、自分が分裂してしまうからである。

元来、私は『かわいい』には無縁な人間であった。

小さい頃、好きだった漫画はスポーツものや戦争ものだったし、興味は機械や数学であった。部屋には、一般的にかわいいとされるぬいぐるみや、キャラクターのついた食器や文房具は一切なく、家にある調度品と言えば、透明な普通のコップ、白い普通のカップ、白い普通の皿、木製の普通の机、普通の鉛筆、壁には、長さ順に並んだ定規、引き出しには大小のファスナー付き透明袋……、書き出すと無味乾燥とした生活や人格を想像するかもしれないが、自分としては、そういったものに、とても落ち着きを感じていたりするのである。装飾的なものよりも、役目を果たすだけのモノ達に好感を持ち、その気持ちは、もしかして『かわいい』に近いのかもしれない。そうだとしたら、なぜ定規や白いカップに『かわいい』を感じるのか。

話を今回のホース事件に戻す。

その後、事務所に着いた私は、この青いホースが起こした不意打ちのような『かわいい』の来襲に、同様の記憶があるのに気付いた。確かに、それをきっかけに自分は「かわいい」を作り始めたのであった。

その不意打ちは、あるスナックメーカーから新発売のお菓子のCMの企画を頼まれた際、起こったのである。今から25年程も前のことだ。

まず私は、そのスナックの特徴を分かってもらうために、お菓子そのものをキャラクターにした。そして次にコマーシャルソングを考えた。

ポリンキー　ポリンキー
三角形の秘密はね
ポリンキー　ポリンキー
おいしさのひみつはね
おしえてあげないよ。チャン

この企画を最初に口ずさんだ時、心に、あるものがふっと生まれた。それは、自分とは縁がなかった『かわいい』という気持ちであった。三十過ぎにもなる男子が、不覚にも、かわいいとは……。そんな思いが自分を襲った。自分はキャラクターが嫌いではなかったのか。

私にとって、それまで忌み嫌っていたキャラクターというものを初めて世に出した時のことである。

私はすぐ理論構築して自分を守った。これは業務だ、スポンサーからの依頼を果たすために、自分は役に立つキャラクターを作るし、歌も作ったんだ。本来の自分の資質ではない、任務を果たしているのだ、と。それから、同じ理屈の下で自分なりに『かわいい』と思われるものを作ってきた。バザールでござーる、だんご3兄弟などである。

でも、今回の青いホース事件における『かわいい』の来襲は、その理屈が成り立たない。業務ではないのだ。一体、かわいいって何なんだ？

混乱気味の私は、思考を落ち着かせるために「かわいい」という言葉の語源を調べた。

【かわいい】は、「かはゆし」の変化した語で、元は「不憫だ」「気の毒だ」といった意味を表す語。「気の毒だ」から「愛らしい」の意味に転じたのは中世後半からである。

小さい物や弱いものに対して手を差し伸べたくなる感情と、気の毒で見ていられないという感情は近いものがあり、「気の毒だから助けてあげたい」→「愛らしい」

というように意味が転じたものと思われる。

私が、定規や普通のコップや透明袋に対して持つ『かわいい』は、小さい物や弱いものに対して手を差し伸べたくなる感情をさらに敷衍《ふえん》して、一所懸命、律儀にそしてけなげに、自分の役割を果たそうとしている物に対して抱く感情であったのだ。そして、その懸命さや律儀さやけなげさを感じさせる現象（例えばホースの動き）に接した時に、思わず「かわいい」という表象が自分の内に生まれるのである。

では、キャラクター嫌いの自分が、ポリンキーの歌を初めて口ずさんだ時に、瞬間的に湧き起こった『かわいい……』という自分でも思いも寄らぬ気持ちは、どこから来たのか？

広告は商品特徴や利点を伝えるものだけど、そんなことは露も知らないポリンキーたちが一所懸命に無垢に歌い踊るさま、そして、自分たちを生んでくれた企業に対しての忠誠心も含めてのけなげさ、律儀さ、不憫さがその素であったのか。

そう思うと、いままで、キャラクターは苦手といって、一括《ひとくく》りにしていたが、本当は「ぐりとぐら」は大好きだったなと心晴れて言えるのである。

嫌いなキャラクターは、そのほとんどが、作り手の利己的とも言える創作意欲を反映し、流行らせたいというようなネーミングや造形が見え隠れするもので、そこには律儀さやけなげさは微塵もない。

では、自制心をも内包した創造性は、どのように涵養《かんよう》されればいいのか。

私は高校時代、古文がとても苦手で唯一零点を取ったことがある科目でもある。そんな、古文苦手な自分が、次の文章にはいたく感じていた。それまで自分が見ないようにしていた領域を、目の前に指し示されたような気がしたのである。

二つ三つばかりなる児（ちご）の、急ぎて這ひ来る道に、いと小さき塵のありけるを目ざとに見つけて、いとをかしげなる指（および）にとらへて、大人などに見せたる、いとうつくし。

枕草子　一四六段

憎き相手校を応援する理由

憎き相手校を応援する理由

最近、計算の理論に関する本を読んでいて、ある面白い考え方を見つけた。しかし、私にとって、そこには、単なる面白い数学の考え方というだけにとどまらず、子供の頃、友だちや家族に熱弁を奮ったある仮説が含まれていたのである。

子供の時に、熱弁の対象となった仮説とは、時季はずれな話で恐縮であるが、高校野球に関してのことである。その頃の多くの子供と同じように、夏休みの楽しみのひとつに高校野球のテレビ観戦があった。特に、私の地元、静岡県の高校がトーナメントを勝ち進んできた時の熱の入れようは特別であった。

次、勝てば8強入りだ！ 多分、作新か智弁がこちらのグループだと這い上がってくるんだろうなどと、子供ながらに生意気にも予想をたてて、興奮していた。

片や、地元の高校が一回戦で敗退した時の空虚さったらなかった。この後の二週間どうやって過ごせばいいんだって気持ちになった。しかし、高校野球好きとしては、見ないわけにはいかない。自分の地元の高校が負けても、贔屓の高校はあるものである。そんな中、私にはいつもの贔屓の高校以外に、地元の高校が負けた後、俄《にわか》に応援するべき高校が生まれた。

どこかと言うと、それは、なんと地元の高校をやぶった憎き相手校であった。

「この高校が、もし優勝すれば、地元の静岡の高校は実力的には準優勝の可能性がある」

避暑に来ていた東京のいとこ達を前に、こう言ってはばからなかったのである。

一回戦で、既に消えてしまっているというのに、なんという負けず嫌い。

「この相手校が優勝すれば、その高校に負けた静岡県は準優勝の高校と立場は同じ。むしろ一回戦から当たった分、運が悪くてかわいそう」という身贔屓な理屈まで披露した。多分、全国の子供達そして高校野球のファンも、地元の高校が早々散ってしまった際には、負け惜しみにも近い、このような屁理屈を唱え、同じような悔しがり方をしていたのではないだろうか。

そして、私は、憎いのか応援したいのか、よく分からないアンビバレント（二律背反）な気持ちでテレビに映る熱戦を観ていたのである。

【問題】

重さの異なる卵が16個ある。
天秤を使って、2つの卵の重さを比較することを繰り返して、一番重い卵と二番目に重い卵を効率よく見つけなさい。
その際、何回、天秤を使うか。

図1

あった。

「計算の理論の歴史」と名付けられた、その本*の最終章の例題として、この問題は

答えを見ずに、まず、解いてみることにした。

その本にはないが、特別にみなさんのために、図もいくつか作ったので、それを見てもらいながら、話を進めたいと思う。

まずは問題の状況を絵にしただけの図1を見ながら、どのようなやり方なら、少ない回数で求めるべき卵が見つかるかをちょっと考えてから、次の私の文章に行ってください。

◇　◇

一番目に重い卵を見つけるのは、そんなに難しくはない。例えば、勝ち抜き戦（図2）のように一列に卵を並べ、端から一つずつ天秤の皿に載せ、勝ったら次の卵の挑戦を受け、最後までそれを続けると、一番重い卵が残る。図2で2つの卵が戦っている箇所を数えると、15回の戦いで一番を見つけられることが分かる。

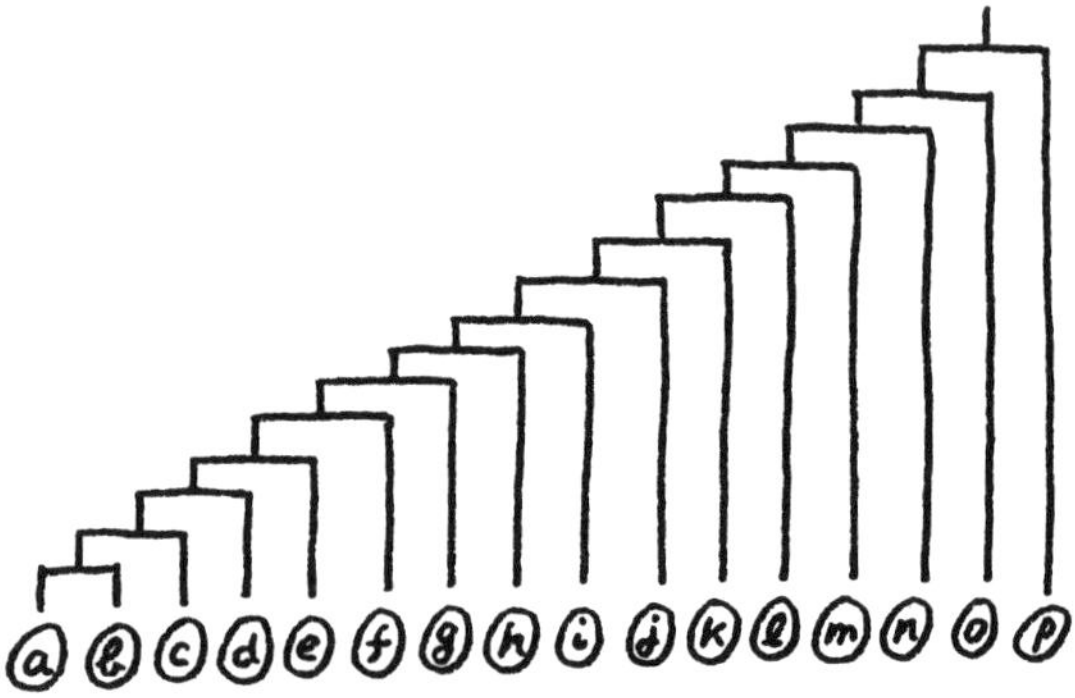

図 2

他の方法もある。

図3のようにトーナメントを組むのもいいだろう。

（このトーナメント表には、すでに戦いの結果が書き込まれています）

この場合も、図3において、戦いの数を数えれば分かるように、15回という同じ回数で一番が見つけられる。

別の見方をすれば、一回の戦い毎に一つの卵が敗退するので、優勝卵を見つけるまでには、15個の敗退卵が生まれなくてはならないので、そこからも15回の戦いが必要なことが分かる。このことは勝ち抜き戦で行おうが、トーナメント方式で行おうが同じである。

さて問題は、次である。

「二番目に重い卵を見つけるには何回、天秤を使えばよいか」

もちろん、一番目の卵を除いた残りの15個で、また勝ち抜き戦やトーナメントを行えば、二番目に重い卵は見つかる。しかし、その時には、どちらのやり方でも、14回も天秤で比べなければならない。せっかく、一番目に重い卵を見つけたのだから、その時の情報をうまく使えないものか……。もっと少ない回数で二番が見つからないものか……。

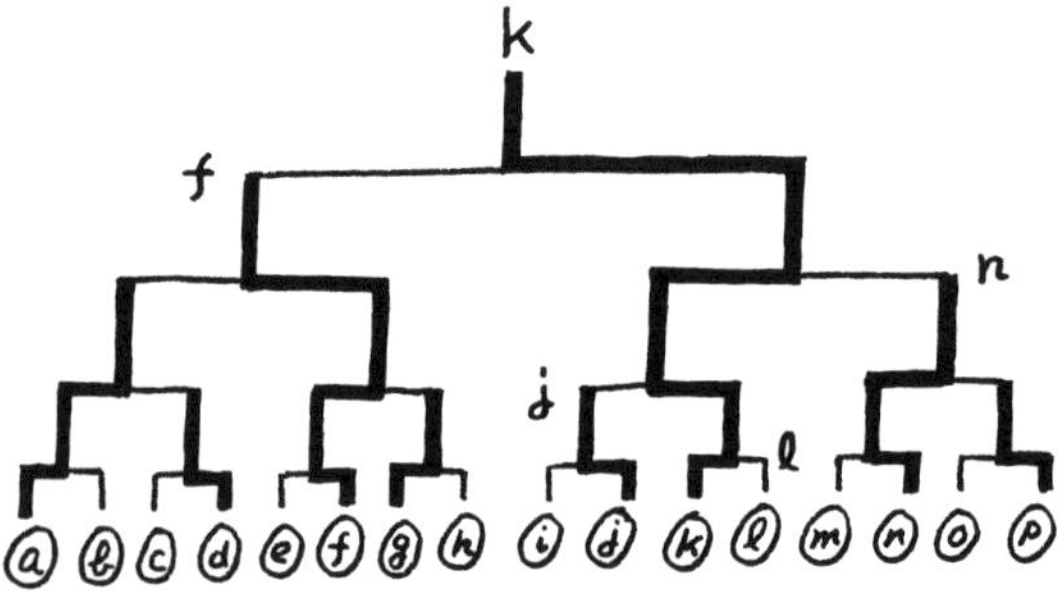

図3

ここで、私が悔し涙をこらえて、憎き相手校を応援していたことを思い出してほしい。

もし、地元静岡の高校をやぶった相手校が優勝することにでもなれば、私の仮説では、静岡の高校は実力的には準優勝（二番目）の可能性があるのだ。

ということは、図3のトーナメント表で、優勝したkと運悪く一回戦ではやばやと出会い、負けてしまったl（小文字のL）にも準優勝の可能性があるということである。しかし、それだけではない、同じように、運悪く二回戦で出会って負けたjや三回戦で負けたnにも準優勝の可能性はあるし、もちろん優勝決定戦で負けたfにも、当然ながら準優勝の可能性がある。

その数学の本には、こう書いてある。

「二番目に重い卵が負けるのは、一番目に重い卵と戦った時だけである。」

言い換えれば、二番目に重い卵は、優勝者と戦って負けた卵の中に必ずある。

つまり、二番目の卵を探すには、一番目の卵kに負けたl、j、n、fだけを比較すればいい（図4）。これだと3回、天秤を使うだけで二番目が見つかる。先程の

14回天秤を使うやり方に比べて、3回で済むのでかなり効率的である」

（佐藤・要約）

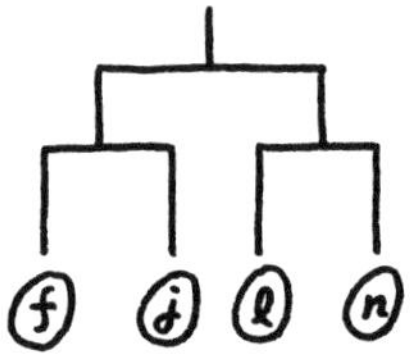

図4

そうだ、そのとおりだ！　やはり、悔し涙をこらえてまで憎き相手校を応援していた子供時代の私は正しかった。

その憎き相手校が優勝すれば、静岡の高校は準優勝だったかもしれないのだ！
なんという郷土愛！
しかし、この偏屈な郷土愛が確かに、この数学的に正しかった仮説を導いたのである。

＊改訂版『計算の理論』野崎昭弘・仙波一郎著
放送大学教育振興会

ベンチの足

ベンチの足

大学に行く日は別として、他の日は、大抵が歩数が足りない。

私は、運動不足に陥らないように、毎日の最低歩数を決めている。それは、決して多くない5000歩というノルマなのである。でも、そのくらいの歩数であっても、油断するとショートする。その日も、夜の11時過ぎ、ふと携帯電話についている歩数計を見ると、なんとまだ3000歩台であった。おっといけない、また目標に届かなかったか。

そう言えば、今日は、事務所での打ち合わせばかりで、外に出たのはお昼ご飯の時だけだ。でも、待てよ。今の今から頑張れば、今日が終わる前に、あと2000歩くらいはこなせる。

私は、急いでウォーキング用の靴に履きかえ、近くの公園をめざした。

空には、三日月に雲がかかっていた。着くと、深夜の公園なのに、サラリーマンがふたり、ベンチに座ってビールを飲みながら、しんみり話していた。少し離れている隣のベンチには、カップルが、肩を寄せ合っていた。双方とも事情は違えど、終電までの時間をそこで粘るつもりなのであろう。

地下鉄の駅は、そんなに遠くない。ベンチの前には、ゆったりと小径が蛇行していて、私は、そこを何回か往復し、目標歩数をクリアするつもりであった。実は、その二組の存在は心強かった。深夜の公園は何かと物騒である。これで、心ゆくまでウォーキングに専念できる。

三往復目に入ったばかりの時、なんとなく毎回カップルを見るわけにもいかず、自然と顔を背けつつのウォーキングになっていたのだが、背けた視線の先に、公園の改修工事の現場があった。そう言えば、もうかなり長いこと工事は行われていて、高い板状の囲いで、公園の一部がずっと封鎖されていたのだが、いつのまにか、その囲いがなくなっているではないか。今は、低い網状のフェンスで、囲われている。

私は、緩やかな蛇のカーブから外れて、暗い工事現場の脇まで近づいた。

あれっ、普通の公園じゃないか。私は、その工期のあまりの長さから、無意識に何かを期待していたのであった。私の目からは、工事前のその場所と大差ない光景に見えたのである。お役所仕事はこれだから……、いやいや、あぶないあぶない。こんな所で時間を潰していたら、せっかく意を決して出てきたのに、元の木阿弥になる。

私は、ウォーキングに戻ろうとした。その時、目の前の網フェンスのすぐ向こう側に黒い塊があるのが見えてきた。目が慣れて、暗闇の中に大きな塊が、いくつかあるのに気が付いたのである。うっすらと見えてきたその形はベンチらしい。

きっと、これから新しい敷地に置く何台かのベンチなのであろう。でも、ベンチにしては背が高い。座る所が、私の腰辺りにある。そうか、場所の節約のために、重ねて置かれているのだと、私は勝手にそう考えた。

しかし、それらは決して重なっていなかったのである。

さらに暗闇に慣れた私の目が見たものは、いつも見慣れているベンチの様相ではなかった。背も高いし、足が、妙に大きかったのである。

私は、闇の中、それらをしげしげと見た。

――そして、私は世の中のベンチの真相を知ったのである。

私が、生まれてずっと思っていたベンチの姿は、全容ではなかったのである。

複数の大人がどんな格好で座ろうと、酔っ払いが少々蹴っとばそうと、びくともしない、あの頼もしさには理由があったのである。

ベンチを支えている鉄製の頑強な三つの脚の下には、どっしりとしたコンクリートの固まりが、やはり三つあり、それぞれ鉄の脚にボルトで固定されていた。私たちが普段見ていたのは、地面より上の部分であったのだ。私は、地面の上の部分をベンチの全身だと思っていて、単にそれが置かれているだけだと思っていたのである。

単に置かれているだけのベンチもあると思われるが、一般的に公園のような公共の場にあるものは、どんな使われ方をしても、台風がきても、びくともしない安定度が必要である。そのための、この滑稽にも見える大きく太い根なのである。

まるで、私たちの歯を抜くと、とんでもない大きな歯根があるように。

（翌日、昼間の光の下で、そのベンチの姿を見てみようと、公園の同じ場所に行ってみた。その時、それらのベンチが、これから設置される新しいものではなく、今まで、私たちが使い込んできたベンチだということが分かった）

私たちは、私たちの生活を陰で無口に支えているいろんなことに、あまりに無頓着である。頼れるだけ頼っておいて、この無頓着さ。でも、よく考えると、その無頓着さは、間違いとは言い切れない。

例えば、ベンチで休む時、自分のお尻の下の地中に、象の足のような大きなコンクリートの固まりが埋まっているのを感じる必要があるだろうか。そのことに対して、優等生のように感謝の気持ちを持つことは必要であろうか。否である。私たちは、その便利さ、快適さだけを享受し、同僚とビールをそこで飲みながら、上司の悪口をこぼしていればいいし、恋人の体の温かさをひそやかに感じていればいい。支えるというのは、そういうことだ。みんなが無関心でいられるほど、はなから信頼していること。まったく気にさせることなく、みんなに個人個人の思いを遂げてもらうこと。頼っていることを意識させずに頼られていること。頼もしいとも感じさせずに頼もしいもの。それが、真の「支える」ということだ。

私は、ベンチの不格好な足を見て、そう思った。

私たちは、数えきれない程多くの『思わぬ誰か』や『思わぬ何か』に頼って生きている。その思わぬ何かについて、思いやることは複雑な現代社会のシステムでは不可能に近い。でも、公園のベンチは、その気遣いや感謝は必ずしも必要ではないということを教えてくれた。それに対して無頓着でいることが決して不遜な態度ではなく、自然な態度であることも。

逆に、自分が誰かや何かから、頼られる存在である時、それがうまく達成している時には、感謝や気遣いが生まれにくいということも示している。お母さんを全面的に頼りにしている子どもは、感謝の言葉や気持ちを表すことなんて思いも寄らないし、お母さんもそれを期待して一生懸命になっているのではない。だから逆に、感謝の言葉を言われた時、涙が出るくらいにうれしいのだ。

ふと気付くと、先ほどのベンチには、会社員も恋人たちもいなくなっていた。終電の時刻が近づいたのであろう。携帯電話を見ると、既に日付が変わっていた。

結局、一日のノルマの歩数には届かなかったが、私は、初めて出会ったベンチの足に免じて、それをよしとすることにした。

【3カ月後】 その後、ベンチは無事に埋め戻されていた。

指を置く

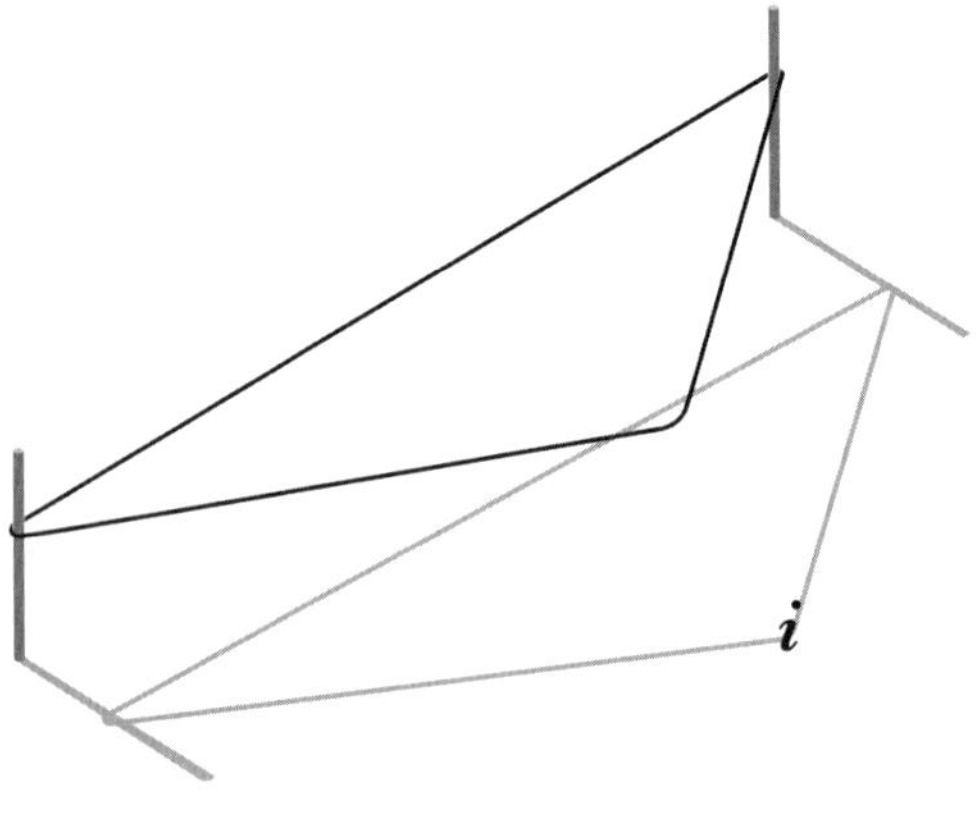

図版A

図版Aの*i*の位置に、あなたの右手の人差し指を置いていただけないであろうか。どんな気持ちになるだろうか（写真B参照）。

二本の細い棒に引っかかっている輪っかの影を押さえると、なぜか上にある輪っかの本体も引っぱってしまっている、そんな感じではないだろうか。

右の図版は、この2月から東京と大阪で開催される展覧会に出展する作品のひとつである。その展覧会は『指を置く』といい、私と、身体とイメージの研究者である齋藤達也さんの二人で催す。文字どおり、指を置いて鑑賞する作品が会場に並んでいる。

私たちは、いろんなものの上に指を置く。例えば、エレベーターのタッチボタンの上に。銀行のATMで最近設置されている指静脈読取器に。コンピュータの入力装置のパッドの上に。赤ちゃんのほっぺの上に――。

それらは何らかの目的があって置くのである。エレベーターのボタンなら、行き先を示すために。指静脈読取器なら、自分であることを証明するために。コンピュータのパッドなら、入力のために。赤ちゃんのほっぺなら、その柔らかさを確認したいがために。

そして、指を置くという行為のあと、エレベーターが目的の階に向かうとか、ATMの取引が開始するとか、赤ちゃんが笑顔になるなど、何らかの変化が生まれる。

しかし、この『指を置く』展では、既に何らかの変化が起きてしまっている図版の上に指を置くのである。当然、印刷物なので、指を置いても、そこに変化は起きようもない。しかし、置く方の私たちの気持ちには微妙な変化が生まれる。図版Aに指を置いただけで、『影を引っぱっている』といった、感じたことのない気持ちが生まれてくるのである。

これは、どういうことであろうか。印刷された図版に指を置いたのだから、私たちには、引っぱったのは自分ではないことは分かっているはずである。しかし、その順番をひっくり返してまで、『自分が影を引っぱったから、本体の輪っかも引っぱられている』というような訳の分からない帳尻合わせをするのである。

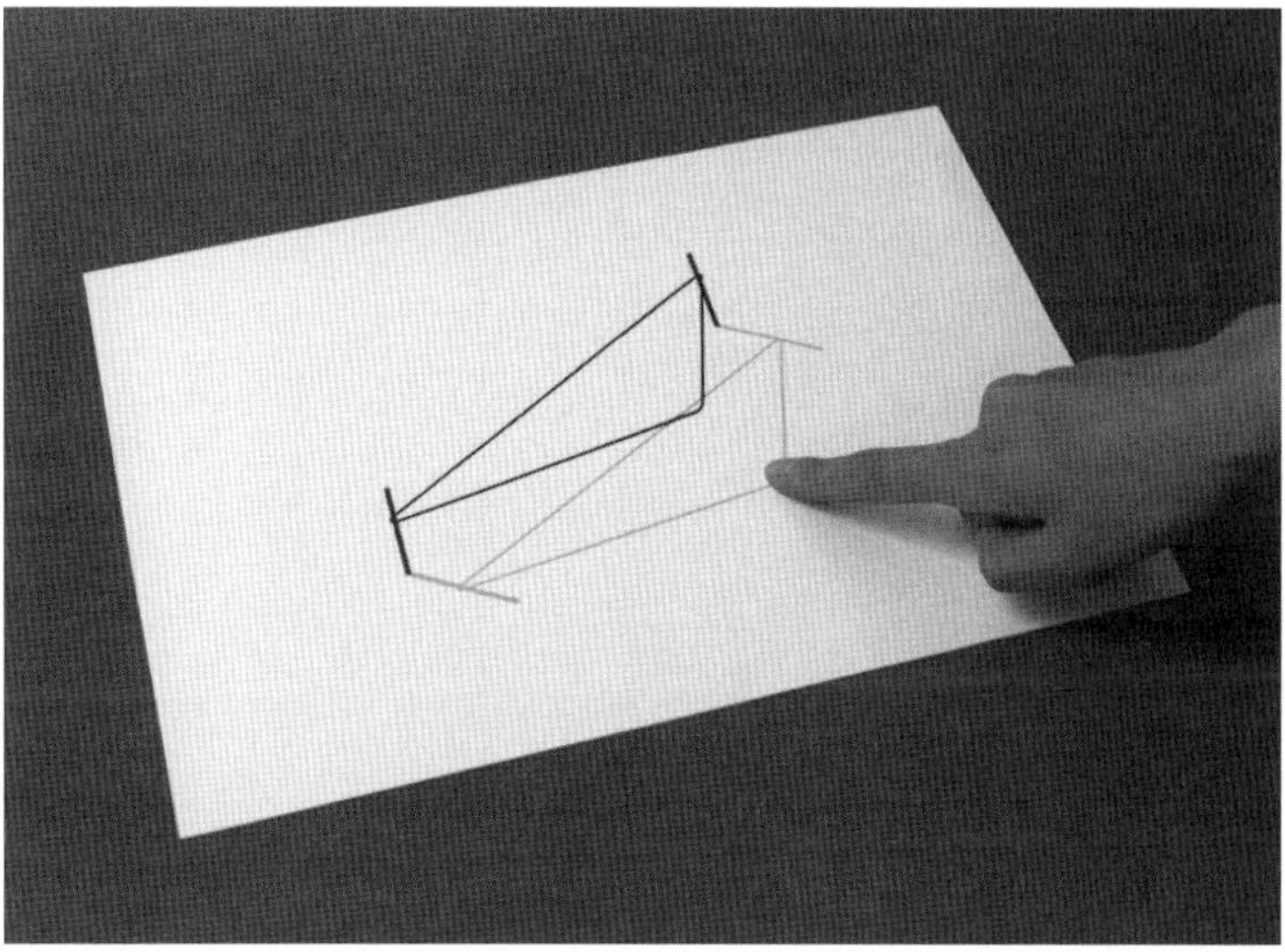

写真B

私たちの内部で起こる、この奇妙な帳尻合わせは、実は他にもたくさんある。例えば、左頁の図版Cと図版Dを、テレビなどで連続して見た時のことを想像してほしい。私たちは、図版Cを見るとトラックが左側にいるのを知る、その次の図版Dでは右側にあることを知る。

しかし、この図版C、Dを瞬時に連続で見せられた私たちは、どう感じるだろうか。

知った順に従えば――、

①トラックが左にある　②次は右にある　③つまりは動いたんだな

となるのであるが、実は、そうは感じない。

こう感じるのである。

①左にいたトラックが　②動いて　③右に行った

この『動いた』という順番が3番から2番に入れ替わっているのを確認してほしい。

私たちは、自分が見たままを感じるのではない。私たちは、自分の脳で、ある編集をして、その結果を自分に見せているのである。指を置く図やトラックの図の場

図版C

図版D

合では、自分が見たものと、自分がそれに対して感じたことの順番を入れ替えて、自分に提示しているのである。

なぜ、私たちは、実際に起こった順番をわざわざ入れ替えるのか。言い換えれば、何故、入れ替えまでして『実際と異なる現実を捏造』する必要があるのか。

考えられる答えは、ひとつである。

その方がうまく生きていけるから、であろう。

例えば、自動車がこっちに突っ込んできた時に、『遠くにあった自動車が、今は近くにある、つまりこっちに突っ込んできている』なんてことを順番通りに解釈していたら、避けられずにぶつかられてしまう。『突っ込んできた』ことを優先させた方が、危険を回避できるのである。

『見る』『触れる』といった認知的な現象だけでなく、社会生活に於いても、様々な現実の捏造を私たちは行っている。

例えば、異性を好きになる時も、その人のことを充分知ったから好きになるかと言うと、そうではない。実際に充分知り得るのは随分あとになってからである。最初は何かのちょっとしたきっかけで好きになり、好きになったあかつきには、あばたもえくぼとなり得るのであろう。あばたもえくぼとは、先ほど述べた『現実の捏造』に近いことである。えくぼがかわいいから好きになったのではなく、好きになったら、あばたさえもえくぼのようにかわいく見えてしまうという喩えである。

このように、好きになった理由の多くは後付けなのである。理不尽かもしれないが、まず好きになるのである。多くの不幸もそこから始まる。でも、それは生物としての人間が採択した戦略でもあるのだ。

確かに、相手を十二分に知ってから、人を好きになるとしたら、時間がかかりすぎて、組み合わせの頻度は極端に減ってしまうし、子孫を残す機会も逸することになる。

恋愛も事故も、遭遇ということに関わることだが、その遭遇ポイントに人間の内部の編集が関わってくることが興味深い。事故は、避けるために編集をし、恋愛は陥りやすくするために編集を必要としていたのである。

話を展覧会に戻そう。

私は会場で掲示するために、次のような主旨文を書いた。

指先が読み解く

紙が生まれて二千年、印刷術が生まれて六百年。そんな長い人間の歴史の中、指と図版の関係性から生まれる問題はなぜか気付かれず、放置されてきた。しかし、我々人間が身体を持った存在である以上、この問題は常に隠れた状態で存在し続ける。

なぜ隠れているのか、どんな隠れ方をしているのか。それらを解明する為に膨大な数の図版を作り続けた。それらを分類し考察をした。脳科学も少なからぬ貢献をしてくれた。

ここに、その全容を公開する。そして、「指を置く」という人間の基本的な所作を会場で行ってもらい、新しい表象を体験してもらう。

（要約）

私は、この『指を置く』という名の探求で、人間に備わっている無意識な編集作業について、解明の糸口を摑みたかったのである。

なぜ、そんなことをしてまでも、私たちは、自分に捏造した現実を見せたいのか。それはどんな種類のものがあるのか。そして、その編集作業にほころびはないのか、ほころびがあるとしたら、そこを抉《えぐ》り出すと、どんなものが私たちの前に現れるのか。

もしかして、人類が今まで知らなかった新しい気持ちが持てるのではないだろうか。そんな野望とも無謀とも言えるような希望を持って、この4年間をこれに費やしたのである。

展覧会『指を置く』は、２０１４年、東京ギンザ・グラフィック・ギャラリーで2月6日から28日まで、大阪では、ｄｄｄギャラリーで3月12日から4月26日まで開催された。

その後、書籍も刊行された。興味のある方は、参照されたし。
『指を置く』（佐藤雅彦＋齋藤達也 著・美術出版社）

トースターは誰が発明したか

トースターは誰が発明したか

「先生、この妙な部品は何ですかー?」

「やばいです、先生。ここを触ると火花がでます」

大学の授業の中で、年に一回行う題目がある。それは、『分解ワークショップ』と呼ばれるものである。

身近な電気器具を分解し、その機能がどう実現されているのかを探求するのである。現代の電気器具は単純なものであっても、複数の技術が重層的に入り込み、それらを理解するには、かなりの基礎知識が必要となる。しかし、基本的にモノを分解するのは大変面白く、その面白さに乗じて、それらの知識が自然と身につくのである。

今年のその授業が先週行われた。授業は、同僚のK教授と共に計画し、実施される。分解するアイテムは、工学博士であるK教授が選ぶ。今回選ばれたのは、食パンを焼くトースターと、調理で使うハンドミキサーであった。

トースターは、そもそもどうやって食パンを焼いているのか、何故ポンと飛び出せるのか、こんがりとした焦げ具合はどうして生まれるのか。ハンドミキサーの2つの羽はどうしてぶつからないのか、回転の速さを段階的に変えられるのは何故か、などなど疑問は尽きない。家の台所で見慣れたものも、教室で新しい目を持って見つめると多くの不思議が見えてくる。私は、分解を始めんとする学生達を前に、まず言った。

「面白いからと言って、やみくもに分解しないように。まず、この器具がどのようにその役割を果たしているか、想像しなさい。そして、解き明かしたい謎を見つけてください」

私とK教授は二手に分かれ、私はトースターの分解チームについた。そして、先ほど言ったことを実践させるために、朝購入したあるものをトートバッグの中から取り出した。

「トースターのふるまい、扱いを知るために、この食パンを焼いてみましょう」

学生達は、厚切りのイギリスパンに色めきたった。中には、教室を抜け出し、研究室の冷蔵庫からジャムとバターを持ってきた強者もいた。

実際に、そのトースターを使って観察してみると、いろいろなことが分かった。食パンをスロットに差し込み、脇の大きいレバーをグッと押すと食パンが下がっていく。

それと同時にパンはそのスロットの中で、両面を両脇から粗い金網のようなもので軽く押さえられた。これは初めて知った機構である。一体何のために？脇のレバーのそばにボタンがいくつかあり、焼き上がりのこんがり度が選べるようになっていた。これもどういう仕組みなのか？

そのうち、ポンという音がして、パンが飛び出してきた。香ばしい匂いが教室に充満し、トースターチームは思わぬ朝食にありつけることになった。

「表面はこんがり焼けてサクッとしているのに、中はしっとりしてておいしい」という声が聞こえた。みんなの家には、こんな形のトースターはないの？と尋ねると、そのチーム5名全員とも「ない」とのことだった。どの家もオーブントースターでパンを焼いていた。

「先生の家にはトースターあるんですか?」と、遠慮のない質問が飛んできた。

「もちろんありますよ。やはり食パンはこのトースターの方がおいしいです」と答えると、トーストを頬張ったままの声で「たしかに」「たしかに」と賛同を受けた。

「では、トースターのふるまいを確認したので、冷めたら分解に入りましょう」

しかし、パンを数枚焼いたトースターはかなり熱い。中を分解できる温度になるには、もう少しかかりそうである。時間が惜しい私は、アドリブでこう話し出した。

「冷めるまでの時間を利用して、トースターのことをあれこれ考えてみませんか」

一体、トースターの何について考えるのかと言わんばかりに、みんなが私を見返した。

「そもそも、なぜ表面がきれいにカリッと焼けて、中はしっとりしておいしいのでしょうか」

私は、そんな根源的な質問を投げかけた。みんな黙ってしまった。おいしさだけは享受したくせに、そのおいしさを担保してくれている技術に関しては考えようともしなかったのだ。

私は、仮説はこう立てるのだということを示すように、次のように話した。

「表面が一様にカリッと焼けるということは、パンの表面のすぐ近くに平面状にヒーターがあるからではないでしょうか」

「――そうか、短時間に表面だけが焼けるから、まだ中はしっとりなんだ」

学生の一人がつぶやいた。

「そうですね。これがヒーターが少しでも遠くにあると、表面が焼けるのに少々時間がかかり、その間に中のしっとり感も失われてしまうんですね」。私はさらに続けた。

「先ほど観察した食パンを両脇から押さえる機構は、ヒーターとパンとの距離を、両面とも均等にする機構だと思います。うちにあるトースターはそれがついていないので、パンが斜めに入ったりして焼き方にムラが出来てしまうんです」

なるほど、という小さな声があちこちから聞こえた。次に私は、意地悪く、こんな質問をした。

「熱の伝わり方には3種類ありましたよね。中学の理科で習ったはずです。では、このトースターでは、その中のどんな伝わり方をしているのでしょうか」

トースター分解チームは下を向いてしまった。中学の理科は義務的に接していたのであろう。でも今のタイミングには、おいしいトーストという義務とはかけ離れた味方がいて、教育には最適な状況である。私は答えを言った。

「伝導、対流、そして放射。これが熱の3つの伝わり方です。そしてトースターはその放射を使って食パンを焼いているのです。放射とは英語ではradiation、四方八方に発することです。ラジオなども放送局から電波をradiationするところから、そう呼ばれています。だから食パンがムラ無くきれいに焼けるんですね」

学生達は、このおいしさにちゃんと理があった事が分かり、神妙な面持ちであった。

味を占めた私は、続けざまにこう質問した。

「トースターって、誰が発明したか知っていますか？」

「えっ、誰かが発明したのですか？」

考えた事もないような口振りだった。私はヒントを出した。

「誰もが絶対知っている人です」

みんなじっと考え出した。

一人の学生が小さな声を発した。

「まさか、エジソン……?」

「そうです、あのトーマス・エジソンです。エジソンは電球だけを発明したのではありません。いろんなものを発明しました。みんなが映像史で習ったように、蓄音機もエジソン型の映写機も作っています。ただ、エジソンは誤解されがちですが、単なる発明家ではないのです」

トースターを前に思わぬ名前が出て、みんな興味津々な様子であった。

「エジソンは、電気を使う社会を夢見たのです。電気を各家庭に送電し、その電力で生活する、そんな電化社会を構想したのです」

暗い夜を電球で明るくし、朝、パンをトースターで焼く。そんな電気を拠り所にする社会をである。

私は続けた。

「エジソンは、さらに聞くとびっくりするものまで発明しました」

一同また黙ってしまった。

「それは、なんと朝食です」

「えっ、それまで朝ごはん、なかったんですか」

「実は、米国では当時、食事は昼と夜の二食でした。エジソンは電球だけでは電化社会は来ないと思い、朝にトースターを使わせようと、朝食が健康にいいと提唱したのです」

目の前のトースターに触れると、温度は分解を始められるくらいまで下がっていた。

「さあ、分解を始めましょう。自分の知りたいことが、どんな機構で具現化されているか、自分の目で確かめてください」

みんなは手に手にドライバーやラジオペンチを持ち、エジソンが発明してから105年目を迎える現代のトースターに挑みだした。

それから2時間ほどの間、一台のトースターは、学生に驚きを与え続け、多くの納得とそれ以上の疑問を残して、ばらばらに分解されたのであった。

名優のラジオ

名優のラジオ

ラジオをつけるとあの独特の口調が聞こえてきた。森繁久彌さんの声だった。40年ほど前のことで、私が大学生の頃だったと思う。『毎年、夏になるとクルーザーで西伊豆に行くんですね。戸田《へだ》という漁村があって、小さな湾があり、いつも凪いでおり、過ごすのに丁度いいんです。富士山が覆いかぶさってくる感じのとこなんですね』

私は、ラジオを前に動けなくなった。それは、私が生まれ育ったのが、その戸田村だったからである。

「おーい、もりしげが来てるぞー」

「浜に集まれー」小学生の私は近所の子供達の呼びかけに乗って、岸壁に向かった。

「おー、もりしげのヨットだー」

「白くてかっこいいなぁ」

子供達は沖に停泊しているヨットを指差しながら、興奮していた。観光客の波も収まるお盆過ぎに、その名優のヨットは沖合に決まって現れた。

「おっ、甲板に人が立ってるぞ」

「あれ、もりしげじゃないか」

「違うよー」

「ぜったいそうだよー」

地元の子供達にとって、夏休みも中だるみする頃に現れるその瀟洒な物体は絶好の見ものであった。岸壁に集まるのは、子供達だけではなかった。漁師やその奥さん達も一度は見に来た。

戸田の人達にとって、海は生業そのものだった。船と言えば、カツオ船かトロール船かはえなわ船か、というようにみな漁船であった。その生きるための海を、遊びだけで使っている特別な存在。漁をしない船。

『ある夏、いつものように戸田に行って、夜、デッキでウイスキーを飲んでいましたら、ひたひたというような不思議な音が聞こえてきたんです。岸辺には民家の灯りがちらほら、上を見れば、満天の星。気持ちいい海風の中、そんな中でのことです。音の在処の方を見ると、海をかき回しているのか、海蛍《うみぼたる》がぼんやり白く光っているのが見える。それが近づいてくるんですね。音もぴちゃぴちゃというはっきりした音になってきて、そのうち、誰かが泳いでくるのが分かったんです。ヨットから身を乗り出すようにして見ると、その人はヨットの真下までやってきて止まりました。そしたら、顔を上げて、急に話しかけてきました。


「森繁さんかい」

「そうだよ、お前は戸田の漁師か」

「そうだよ。おれ、あんたに話したいことがあるんだよ。上がってもいいか」

私は、その純朴な話しぶりに思わず、おうと答えました』

大学生の私はラジオを睨めつけるようにして聴いた。

『その若い漁師に、君は何を私に話したいんだねと尋ねると――――。

「森繁さん、マリアナ沖の遭難のこと、知ってるかね」と言うので、おう大変なことがあったね、この戸田には、去年の秋に。と答えました。「焼津や御前崎の船も合わせて、200人以上の人が亡くなっただよ、台風にやられたさ。一番ひどかったのが、戸田の船さ。弁天丸、永盛丸、金刀比羅《こんぴら》丸と遠洋の船が三隻沈んだよ」。思わず黙ると、こう続けるではありませんか。「そんなにも多くの人が帰らぬ人になったんだけど、その中に何十時間も漂流して戻った人間が僅かにいるんだよ」。そうなのかいと声を上げると、「この俺がその生還者の一人だよ」と言うではありませんか――』

「今から名前を呼ぶ者は鞄に教科書やノートをしまって、廊下に出なさい」

授業中、急に担任の先生が言い出した。廊下を見ると、教頭先生が待っていた。一体、何があったのか。昭和40年10月7日の昼前のことである。小学6年の私は、その異様な雰囲気に、原因の大きさを測りかねた。数人の生徒が廊下に出て、なにやら教頭先生から告げられている。そして、教室には戻らず、みんな帰って行くではないか。残された生徒を前に担任の先生は、理由も話さず、授業を続けた。何気なく校庭を見ると、他の教室でも同じようなことがあったらしく、かなり多くの生徒が校門を出ていくのが見えた。残された生徒も、その授業が終わると、今日は学校はこれで終了と言われ、下校させられた。何のことか分からず、不安な気持ちが生まれたが、その不安は学校を出るとさらに大きなものになった。

学校から家までの道々の戸口という戸口に、普段は家の中にいて家事をしているはずのお母さんやおばあさん達が出て、二、三人の小さな塊を作り、ひそひそと声をひそめて、なにやら話している。それがずっとずっと続くのだ。ひそひそ、ひそひそ。私は、この村にとてつもなく大きな悪いことが起こっているのを察した。

そして、家の近所の漁業協同組合まで来た時、その真の大きさを知った。仮設の柱が何本ともなく組まれ、その間を板が渡されている。そして、その板という板に張り紙が何百枚も貼られていた。そこには、乱暴な筆文字で、弁天丸甲板長〇〇〇行方不明、などと書かれていた。慌てて、家に飛び込むと、母親が血相を変えて、こう言った。

「雅彦、大変なことが起こったよ。戸田の船が遭難したんだよ」

それから村は大変な騒ぎと、それに続く悲しみに巻き込まれた。その夜、生まれて初めて間近に見るヘリコプターが校庭に着陸した。翌日から、東京からの背広を着た週刊誌や新聞社の人達が、村中、至る所にいた。学校にも入り込んできて、昼休み校庭にいると、何回も摑まえられた。

「君のお父さんかお兄さんは今回遭難した?」

「いえ、うちは漁師ではないんです」

「じゃあ、いいよ、行って」

昭和40年のことで、記者を見たのも初めてだし、恐らく、戸田の大人達も先生も初めてのことだったと思う。お父さんも二人のお兄さんも同時に遭難した子は、そんな記者達に奉られ、たくさん写真を撮られていて、あろうことか同級生の嫉妬を買っていた。翌週、家族を三人同時に失っても健気にふるまう○○君という週刊誌の記事をみんなで見て、子供なりに冒瀆にも近い非礼さを感じたのを憶えている。

その10年後、大学生になった私がたまたま聴いたラジオ放送は、東京近郊でしか聴くことができないFM局だった。その時、戸田の人間でこの放送を聴いているのは自分一人だ、この話の細部の細部まで分かるのもこの宇宙の中で自分一人だと思うと、勝手な責任感が生まれ、身動きが取れなくなってしまったのだ。

森繁さんは、２００９年に96歳で亡くなられている。

そのラジオ放送は60代の頃であろう。

なぜ、こんな古い話を今この時点でしているのかというと、理由がある。

私は、今年の夏を迎える6月頃、この森繁さんのラジオでの話を思い出し、長年、分からなかったあることが、急にその時、自分の内で説明がついたのだった。

それは、なぜ、その生還者が、夜、沖合にいる森繁久彌のヨットに向かって泳ぎだしたのか、なぜ話をしたかったのかが自分の内で分かったからだったのだ。

そして、私は、自分の仮説を確かめるために、その生還者に会おうとこの夏決心した。

当時の新聞を調べると、奇跡の二人という大きな見出しがあった。そこで、戸田の親戚や知り合いに尋ねまわって、その二人に行き着いた。

お二人とも、その後、漁師を続けられ、戸田におられた。60代、70代になったお二人は、台風のこと、遭難のこと、漂流のことを、細かく話してくれた。後世に、教訓として残したいという気持ちもあるのだろう、一生懸命話してくれた。

一人目のSさんに話を聞き、最後に森繁さんのラジオの話を持ち出した。すると それは俺じゃないなぁ、と言う。それからOさんの家に行き、やはり、話の最後に 森繁さんのことを話すと、なんと、俺は森繁さんには会ったこともないなぁと言う。 驚きと落胆の混じった私を見て、Oさんは「多分、それはYだよ」と言った。

思わず、もう一人生還者がいたんですか！と大きな声で尋ねると、最終的に三 人救助されたんだよと教えてくれた。

「Yさんは戸田にいるんですか？」

と聞くと、遭難の後は、やはり漁師の父親をその遭難で亡くした母親の頼みで漁 師をやめ、大工になり、外の町に住んでいるとのことだった。

ただ、たびたび戸田に帰ってくるそうで連絡先だけを聞き、この夏の調査は終わ りになった。そして、いよいよ次号、Yさんに会う。

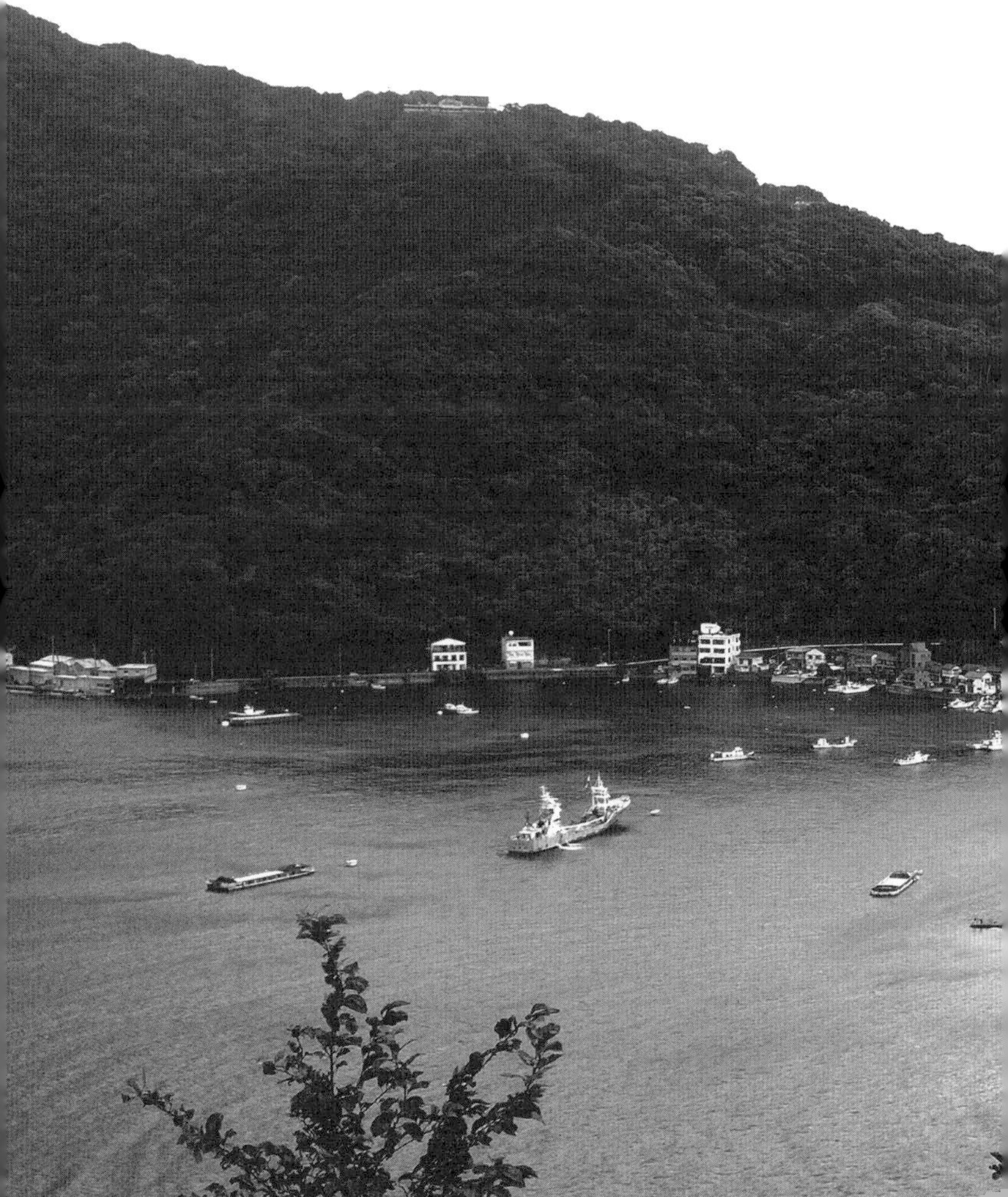

名優のラジオ　後編

名優のラジオ　後編

〈前号のあらすじ〉

今から50年前の昭和40年、南洋のマリアナ沖で、２０９名もの帰らぬ人を生んだ未曽有の海難事故が起こった。超大型の台風が、7隻のかつお漁船を襲って、沈めたのである。全隻、静岡県の船であるが、そのうちの3隻は伊豆の小さな漁村・戸田のものだった。戸田村の出身である私は、小学生であったが、遭難の日の村の様子を未だに、ありありと憶えている。遠くの海で起こったその大災害は、平穏な村を一変させた。

それから10年後、東京の大学生になった私はある日偶然、一人の名優が出演するラジオ放送を聴く。その人は、伊豆の戸田村で体験した不思議な出来事について、滔々《とうとう》と語った。マリアナ沖の遭難の後、その名優が戸田湾の沖合に停泊させていたヨットに夜、一人の来訪者があったと言う。岸から泳いできたその青年は、ある事実を話す。彼は、遭難事故で漂流して奇跡的に助かった三人の生還者のうちの一人であった。名優の名は森繁久彌である。その生還者は何故、沖合の森繁さんのヨットに向かって、半ば衝動的に、泳ぎだしたのか。その理由を求めて、私は三人の生還者を訪ねる。その三人目の訪問から、今号は始まる。


「森繁さんが夏、この戸田によく来ていたのは、ご存じですよね」

三人目の生還者であるYさんから、遭難の凄まじい全容を聞いた後、私はこう切り出した。

「そりゃー、戸田のもんだったら、誰でも知ってるよ、あの白い大きいヨットだろ」

「その森繁さんが、あるラジオ番組で、夜、沖合に泊めていた自分のヨットに、泳いでやってきた青年がいた、と語っていたんです」

ちゃぶ台の向こう側にどっしりと座っていたYさんは、穏やかな笑みを浮かべたまま、私の顔をじっと見た。

当時の新聞記事に大きく載っていた見出しを信じ、生還者は二人と思い込み、蝉が鳴き騒ぐ8月のお盆過ぎ、Sさん、そしてOさんを訪ねた。

しかし、二人とも森繁さんとは直接会ったこともないと言った。呆然とした私を見て、Oさんが教えてくれた。

「もしかして、Yじゃないかな、それ」

もう一人、生還者はいたのだった。

新聞記事は最初の二人が救助された時のものだったのだ。

そして、翌月、私は、再度、故郷の戸田に赴き、連絡をしてあったYさんを訪ねたのだった。Yさんの家は、私の菩提寺から6、7分の山間にあった。


「あんたらさ、うちの妹と同級だってじゃん」

いきなりYさんが口を開いた。

「えっ、Yさんの妹と僕が、ですか？　妹さんのお名前は」

「いずみ、さ」

Yさんの顔を見ながら、いずみさん、いずみさん……と繰り返すと、そのお兄さんの顔にそっくりな一人の女の子の顔が重なってきた。
「いずみちゃんのお兄さんなんですね、Yさんは!」

私は、六十代も半ばのYさんの顔の中に、いずみちゃんと同じかわいらしさの要素を見つけ、思わず、微笑んでしまった。私の様子を見て、いぶかしそうにしていたYさんも一気に打ち解けた。

そうか、いずみちゃんも、あの日、授業中、廊下に呼び出されたうちの一人だったんだ。お父さんもお兄さんも遭難したと知らされた小学6年生の心情を思うと、50年後の同級生は、また辛くなった。

結局、お父さんは帰らぬ人となり、奇跡の生還を遂げたお兄さんのYさんは、お母さんの願いから漁師をやめ、大工を志した。

それからYさんは、自分を救った救命胴衣を出してくれ、私に、それを装着させてくれた。その黄色の胴衣は、50年もの年月を経ても、まだしっかりとしていた。

Yさんがいかにそれを大事に奉ってきたかが窺いしれた。

そう言えば、最初にお会いしたSさんも、嵐の中で必死に摑んで離さなかった簀《す》の子《こ》を見せてくれた。もう一人のOさんも、浮き袋としてしがみついていた木の箱を、仏壇の脇に置いていた。


「俺は、中学を出てすぐ船に乗ったから、その時はまだ16歳だったよ」

16歳……。

森繁さんの話では、夜ヨットに訪ねてきた青年は、遭難した時、16歳だったということだった。もうこの人しかいない。やっと、辿り着けた。

40年ほど前に、私が偶然聴いてしまったラジオ放送。そこで話された一人の青年の尋常ではない行為。その根拠を確かめることが、これでできる。私の心は騒いだ。

私は、徐《おもむろ》に森繁さんの話を切り出した。

「森繁さんが、あるラジオ番組で、夜、沖合に泊めていた自分のヨットに泳いでやってきた青年がいた、と語っていたんです」

Yさんは私の顔をじっと見て、黙ってしまった。何やら考えている様子だった。

そして、穏やかな口調で切り出した。

「俺はそんなことしてないなあ」

「じゃあ、Yさんは、森繁さんとは会ったこともないんですか」

「いや、夏、森繁さんが戸田に来てた時、釣りをするんで、誰かから手伝いが必要だから、と言われて、チャカで餌をヨットまで持って行って、釣り針につけたりするバイトみたいなことはしたことはあったなぁ」

チャカとは、伝馬船くらいの小舟にエンジンを載せたものである。

「その時、何か話はしなかったんですか」

「そりゃ、挨拶ぐらいはしたと思うよ、そんな程度だよ」

「でも、森繁さんは、夜訪ねてきたその青年は、事故の時は16歳だったと言っているんです」

「16歳っていえば、俺しかいないよな。Sさんは27、8歳だったし、O君は18歳だったし。でも、俺、夜、泳いでいくなんてことはしないなあ。そんなことするの、Sさんじゃないの。Sさんは戸田の河童と呼ばれるくらい泳ぎが達者だから」

私は、人懐っこいSさんの笑顔を思い出した。確かに、Sさんの屈託のない性分なら、そんな行動もできるかもしれない。でも、Sさんだって、はっきり言った。

「俺は森繁さんに会ったこともないよ」

私は深い混迷の箱の中に閉じ込められた。その箱の深さは50年という時間の長さである。一体、森繁さんがラジオ放送で語ったことは、何だったのか。生還者の一人が、夜泳いで、森繁さんのヨットを訪問した。しかし、生還者は三人とも森繁さんとは会っていない。あの純朴な漁師や大工が嘘を言うなんて当然考えられないし、その必要性もない。私は、自分の仮説を確かめる前段階で、大きく躓《つまず》いてしまったのだ。


私は自分の記憶をも疑った。四十数年前に偶然耳にしたラジオだ。記憶の中で、内容が変遷することもあるかもしれない。それ故、今回、マリアナ沖の遭難、そして一人の青年との遭遇に関して、森繁さんが記した何かがないかと必死で探した。すると、ふたつの文献を発見できた。ひとつは森繁さんが書いた書籍であり、もうひとつは日本海難防止協会のシンポジウムで行った講演の記録であった。それらの文献から、その夏の夜の出来事や、その青年の年齢の記述を確かめることができた。

では、一体真実はどこに。

私は、戸田で生まれ、戸田で育ち、遠くの海で起こった遭難を戸田で体験した。戸田の海を愛し、戸田の人たちを愛してくれた一人の名優の話も体験し、私の内には、ひとつの仮説が生まれた。森繁さんと話をした生還者は、死と背中合わせの漂流と救出の末に知り得た、ある不思議な力について、誰かに話したかった。しかし、戸田で誰にそれを話せよう。結果、それを話せる場所として沖合に浮かぶ非日常を選んだ——これが私の当初の仮説であった。

それを確かめるために、三人の生還者に会い、たくさんの話をした。大人をも簡単に吹き飛ばすほどの風速70メートルの風、耳をキンキンさせ絶えず吐き気を起こす920ミリバールの気圧、あれは波ではない山です、とまで言わせた巨大な三角波。死の極限まで近づいた三人は限りなくやさしかった。

私は、実は今、ひとりの人を疑っている。戸田の人ではないその人は、聴衆を引きつけるために、当意即妙に脚色を行った。そして、戸田で見聞きした三人の生還者にまつわる話を再構成し、ある劇的な話を創り上げた。でも、それは、この世界には人間の思惑を遥かに超えた力が存在することを分かってほしいという、その方なりの思い故であった……と信じたい。そう思っている。

参考文献：『海と安全』日本海難防止協会１９９６年
『海の生還者』斉藤実著　評言社１９８０年
「心を高く悟りて俗に還る（森繁久彌）」
（『悪人正機を生きる』プレジデント社１９９５年）

「妙」の大切さ　――あとがきとして

この書籍の中の随筆は、すべて雑誌『暮しの手帖』に連載したものである。時間の幅で言うと、2011年から2017年に亘っている。前作の『考えの整頓《とん》』（2011年刊行）は、連載の最初からほぼ順番を変えずに、27篇を編纂《へんさん》したが、この2作目の『考えの整頓《とん》　ベンチの足』では、その後の連載の中から、少しだけ飛び飛びに23篇を選び、時系列も崩した。

選出したことと並べ替えたことには、一応の理由がある。その理由とは、隔月刊の読書ではまったく気にならなかった各回の話が、並べてみると、テーマ的な偏りが強く出てきたからということである。

例えば、数学的な思考を強いる回が何回か続いたりすると、同じ運動の繰り返しが特定の筋肉の疲労を生むように、著者の私でさえ、ちょっと辟易《へきえき》という形の疲労が脳のどこかに生まれるのである。

それを避けるために並べ替え始めた。すると、パズルを解くように、全体の並びが、するすると決まってきた。大変ではあったが、なかなか面白い作業であった。

そして、この編纂という作業は、自分の身に降りかかったいくつもの出来事を反芻することにもなった。


夜中の散歩中に偶然見かけた妙に背の高いベンチと妙に大きい足。

電車で隣の小学生が思わず漏らした妙な言葉。

愛用のボールペンがインクの切れ際に書かせた言葉の畏《こわ》さ。

金属の巻き尺が持っていたルーズさに対しての勝手な憐れみ。

新品のおもちゃを友だちがこぞって壊しだす時に感じた新種の責任感。

飯場の女性が実の息子に目をそらされた時、必死に何かに摑まろうと空《くう》をもがく腕。

名優の言葉に対して、正直者の漁師たちが示した全員否定の妙。


このように並べると、筆の重い自分をして、毎回、文章を書かせてくれたのは、沢山の「妙」に他ならないことが分かる。

奇妙とか珍妙とかに使われる「妙」には【変わった】という意味合いが強いが、同時に「女＋少」から成る「妙」には、【きめ細かくて美しい】【細かくて見分けられぬ不思議な働き】という意味もある。私が、いろんな出来事で感じた「妙」には、「変わった」だけでなく、一見して、見分けはつかないが、魅力的な何かが入っていたのである。

多くの「妙」に遭遇し、魅了され、その真意を焙《あぶ》り出そうとした過程が、この「考えの整頓」に他ならない。そして、実はこの「妙」ということ自体をさらに深く考えさせる出来事が、書籍を編纂している真っ最中にあった。


それは、このあとがきを書く4カ月前のことだった。一人のフランスの映画批評家とon-lineでの打ち合わせを持った時のことである。on-lineの打ち合わせは、ネットワークを経由して、コンピュータの画面越しに行われる。

その批評家は、これまでも、我々が作ってきた映画に興味を示してくれ、来日した際には必ず会合の機会を設けてくれた。その度に制作途中の映画を観て、鋭い意見をプレゼントしてくれたのだった。

コロナ禍の下、パリの自宅に缶詰になっている彼に、遠隔での打ち合わせを通訳役のコーディネーターの方を通して、恐る恐る申し込んだところ、是非！という嬉しい返事が来た。そして、事前に観てもらおうと、仮編集を済ませた映画を送った。

その打ち合わせは、夕刻、始まった。向こうは朝であった。画面では見えなかったが窓が大きく開いているのか、街の静かな午前の音が流れてきた。それでも、パリー東京の隔たりをまったく感じさせることのない会合であった。久々の彼は、いつもの柔らかな物腰で、我々が作っている映画についての第一印象を伝えてくれた。その柔らかさの中に、針のような意見が混じるから油断はできない。しかし、今回は珍しく、全体的にとても好意的な意見をもらった。

次は、こちらから質問をする番である。私は、どうしても尋ねたいことがあった。映画のラストシーンについてであった。その映画は、一人の女性の美容師が主人公であり、美容室を訪れた見知らぬ少年の髪を切り始めるところから始まる。散髪が終わり、男の子も帰り、その美容師は、床に散らばっている髪の毛を掃除しはじめる。とその時、美容師は、急にかがみ込み、落ちている髪を少し拾い、周りに分からないようにサッと、妙な振る舞いをしたのだった。

私の質問は、ラストのシーンが変に説明的に見え、ある事実をあからさまに伝えすぎていないかということであった。もっと別のカットも撮影してあった。言い換えれば、その妙なカットを入れた方がいいのか、抜いた方がいいか、意見を求めたのである。

「intrigued！」

初めて耳にする単語が、画面の中の彼の口から発せられた。

「イントリーグドって、何ですか？」私は、通訳役の女性に尋ねた。

「何か興味をそそられたんですね、彼は。どこかミステリアスなものを感じるというニュアンスもあります。日本では馴染みのない言葉ですし、そうですね、ぴったりな言葉は何だろう？『妙』でいい感じ、ってことかな。外国の映画関係者は、皆さんよく使う言葉ですけどね」

その批評家は、このintriguingなシーンが、鑑賞者には当然必要であるという断定を、意味深な笑みを浮かべながら下してくれた。この「妙さ」がなければ、この映画は映画じゃないと言わんばかりの表情であった。

〈あとで辞書を引くと、intriguingは、intricate〈入り組んだ、複雑な〉と同義語で、まさしく、「妙（＝きめ細かい）」に通ずるものがあった〉

私は、これまで、文章を書く時や番組を作る時には、できるだけみんなが分かるように解釈を伝えようと心がけてきた。説明こそが自分がとるべき姿勢だと思っていた節もある。

自分がやっていることはアートではなく「説明」、言い換えれば思考の整理整頓だと言いきかせてきた。それ故、不明で曖昧な要素が入っている「妙さ」に対しては、避けようとする嫌いがあった。だから、何故か、知らない間にすっと自分の表現に入ってきてしまう「妙」の要素に対して、見て見ぬふりをしてきた。排除すべきか、でも排除したらつまらない。つまるつまらないの話をお前はすべきではない、お前がすべきことは説明ではなかったか。こんな論戦が私の人生上、自分の内部で幾度となく繰り返されてきた。しかし、このフランスの映画批評家の「intrigued！」という一言が、この論戦に決着をつけた。

そう、解釈には、まず魅了されることが必要だったのである、惹きつけられるから、解釈する気持ちも自然と湧き起こるのである。

読者や鑑賞者が求めているのは「準備された説明」ではなく、それを自分で見つけたくなるほどの「妙」であったのである。そして、それは、作者にとっても、書いたり撮影したりという大変なことを乗り越えるだけの動機を与えてくれるものでもあるのだった。


――こんなことを考え、行ったり来たり、進んだり、時には逆走したりしながらこの本を作ってきたのだが、併走してきてくれた暮しの手帖社の編集の方々は気が気ではなかったと思う。諦めずに、励ましと的確な意見を与えてくれた編集部の村上薫さん、本当にありがとうございます。ようやく出来上がりました。いつも心のこもった対応と言葉で連載中の重い筆を軽くしてくれた髙野容子さん、とても有り難かったです。校閲のみなさんをはじめ、他の皆さんにも、特別な対応を強いたのではないかと思います。心から感謝いたします。
そして、1集に続き、美しくも読みやすい装幀を施してくれた松田行正さん、今回もご一緒できたことが嬉しくてしょうがありません。そして、マツダオフィスの杉本聖士さん、止めどないお願いに対する真摯な作業、ありがとうございました。

私の毎日は、いくつもの定例会議や大学の授業やウォーキングなど、かなり規則的な要素で構成されているはずなのだが、なぜか intrigued な出来事が降りかかりがちでもある。その度ごとに、私は一緒の事務所の内野真澄さんに、それを話しては楽しませつつも、その不思議さをなんとか言語化しようと試みる。時に、それは、暮しの手帖の連載になったり、教育テレビの番組のコーナーになったりする。今回のこの本にも、その時、話したことが沢山、編纂されている。内野さん、毎回、大事な相手役と相談役をお願いして、本当に有り難く感じています。細やかな修正も、とても助かりました。そして、同じく事務所の古別府泰子さん、膨大な量のデータのやりとり、そして校正作業を丁寧に進めて頂き、感謝の気持ちで一杯です。ありがとうございました。

最後に、毎回、暮しの手帖に文章を書かせてくれた沢山の「妙」に感謝して、このあとがきを終わりにしたいと思います。沢山の「妙」たち。ありがとう、そして、これからもよろしく。

令和3年　冬の終わりを感じ始めた2月の初旬

佐藤雅彦

初出一覧　　すべて『暮しの手帖』

向こう側に人がいる	2013年1月	第62号
家の中で一番年を取るところどーこだ？	2011年9月	第54号
ものには順序がある	2012年9月	第60号
ボールペン奇譚	2011年7月	第53号
たしかに……	2015年3月	第75号
その状況が伝えてくれること	2011年11月	第55号
○○○○○○○○○問題	2013年3月	第63号
脳の中の新しいつながり	2012年3月	第57号
携帯電話は知っていた	2014年9月	第72号
あぁ、またやってしまった	2013年5月	第64号
フィッ、フィッ	2015年1月	第74号
みなさんの○○○問題	2013年11月	第67号
5名の監督	2014年7月	第71号
全国の巻き尺への疑惑を晴らしたい	2014年3月	第69号
とくの話	2015年5月	第76号
間違った使い方か　新しいのか	2013年7月	第65号
かわいいを巡る考察	2013年9月	第66号
憎き相手校を応援する理由	2012年11月	第61号
ベンチの足	2017年11月	第91号
（原題：無頓着でいられるということ）		
指を置く	2014年1月	第68号
トースターは誰が発明したか	2015年9月	第78号
名優のラジオ	2015年11月	第79号
名優のラジオ 後編	2016年1月	第80号

佐藤雅彦（さとう·まさひこ）
1954年 静岡県生まれ。東京大学教育学部卒。1999年 慶應義塾大学環境情報学部教授に招聘される。2006年より東京藝術大学大学院映像研究科教授、2021年 東京藝術大学名誉教授。
著書に、『経済ってそういうことだったのか会議』（共著・日本経済新聞社）、『毎月新聞』『新しい分かり方』（中央公論新社）ほか多数。またゲームソフト『I.Q』（ソニー・コンピュータエンタテインメント）や、慶應大学佐藤雅彦研究室の時代から手がける、NHK教育テレビ『ピタゴラスイッチ』、『考えるカラス』『テキシコー』の企画や、新しい映画の開拓など、分野を超えた独自の活動を続けている。
平成23年芸術選奨受賞、平成25年紫綬褒章受章。2014年、2018年、カンヌ国際映画祭短編部門正式招待上映。

装幀	松田行正＋杉本聖士
イラスト	佐藤雅彦 P013・121・194-200・219（棒人間も）
	内野真澄 P045
図版制作	石川将也 P043・214
写真撮影	佐藤雅彦 P076・111・173
	石川将也 P123・153-156・208・211・217
	クレショフクラブ P246
装画	内野真澄
アシスタント	古別府泰子
編集	村上 薫＋髙野容子
校閲	菅原 歩
	圓田祥子
	オフィスバンズ

ISBN 978-4-7660-0221-8　C0095

考えの整頓《とん》　ベンチの足

二〇二一年三月二十二日　初版第一刷発行
二〇二一年八月 十二日　第二刷

著　者　佐藤雅彦
発行者　阪東宗文
発行所　暮しの手帖社　東京都千代田区内神田一ノ十三ノ一　三階
電　話　〇三－五二五九－六〇〇一
印刷所　株式会社　精興社

第1集
考えの整頓《とん》
佐藤雅彦 著

本体価格1600円（税別）

ともすると見過ごしがちな、日々の不可解なことを考察した27編。多くの人が考えもしない物事の本質にじっくりと迫り、思いもよらない考え方をハッと気付かせてくれる、面白くて鋭い名文の数々。

もくじより
敵か味方か／おまわりさん10人に聞きました／～と、オルゴールは思い込み／物語を発現する力／中田のスルーパスと芦雪／もう一人の佐藤雅彦／想像料理法／広辞苑第三版2157頁《ページ》／この深さの付き合い／もうひとつの世界／ハプニング大歓迎／ものは勝手に無くならない／ほか
（全27編収録）